小谷野 敦

東海道五十一駅

アルファベータ

目次

東海道五十一駅

静かにドアのチェーンを外して、鍵を開けた。音がしないようにドアを開け、外の暗闇へすべり出ると、また静かにドアを閉めた。そして私は夏の真夜中の暗闇の中を歩き始めた。

当時は、夕飯のすぐあと、あるいは十時ころなど、時刻はまちまちだったが、たいていの夜を、私は散歩をして過ごした。実家のそばには大きな川が二つ並んで流れていた。私の散歩道はまちまちだった。その二つの川の間にある土手を歩くこともあったし、別方向へ、ベッドタウンと呼ばれる町の、興趣に乏しい風景の中をさまようこともあった。家はその川と旧国道の間にあり、その時は、川を離れつつ、旧国道脇に並行する道を歩んだが、まばらに田圃や畑はあるものの、田園というには程遠く、少し出外れるとただひたすら、粗末な民家やら工場やら倉庫やらパチンコ屋やらが点在する、都会でもなく田舎でもない、不幸な風景だった。

その日は、次の研究課題について、歩きながら考えるつもりだった。道へ出るとすぐに私はタバコを取り出して火をつけて、歩き始めた。その当時、心臓はいつも微かな不安を抱えているのが常態だった。歩くことによって、それは紛らわされた。それにしても、夜の闇が近づいてくると、せり上げるような不安に襲われるのはたまらなかった。深夜になるとそれも収まってくるのだが、夕暮れが怖かった。深夜でも、朝が来るまで数時間あると考えると、ふと胸がざわつくことがあった。そんな時私は、日の出の方角である東へ向かって、どこまでも歩いていくことを考えて、不安を鎮めるのだった。むろん実際に日の出を迎えることができるわけではない。しかし、そうやって太陽に向かっているると思いながら歩いているうちに、夜は明けるだろう、と思えたのだった。

私は、神経症に苦しんでいた。常に頭が重く、積極的に何かをする気にもなれず、胸は時おり不安に跳ね上がり、酒の呑めないはずの私が、その頃は不安を紛らすために、ビールやウィスキーを飲んだ。

ロンドン留学時代の夏目漱石が、自分が袋の中に入れられていて、それを破る錐が見つからない、と言っていたが、その形容でまったくさしつかえない、つまり同じ状態だった。

その日私は、かつて、大学院生だった頃、論文のテーマが思いつくと興奮し、躁状態に近くなったことから、何か新しいテーマを思いつけば、病気が治るのではないかと思ったのだった。そして、深夜の散歩をしながら、それを考えようとしたのだった。

家ではもう両親が寝《やす》んでいた。父は定年になり、毎日家にいて、九時半ころになると寝てしまうようになった。もともと夜の早い両親だった。私は自分の病気を、自律神経失調症というふうに、母には告げていたが、実際には不安神経症であることは分かっていた。

大学院に入る頃、やはり不安神経症に襲われたことがある。しかしこの時は、苦しみながらも、大学院での修士論文執筆に向けて勉強しているうちに、ほとんど治ってしまった。それからも、時おり、発作的におかしくなることはあったが、それはたいてい、何かすべきことを先延ばしにしている、または何かやりたくない仕事がある時だったので、それを強行すると、症状は軽快した。そのやり方で、私はずっと神経症の発作を乗り切ってきた。今回も、当初は、その方法でよくなると思っていたが、そうはいかず、もはやそんな軽度のものでないことは明らかだった。既に眩暈《めまい》は一年近く、不安発作は半年前から続いていた。

なぜか私の頭には、次の研究テーマとして、大岡昇平の名が上がってきた。しかし、大岡について何をどう書くのか、それがまったく思いつかなかった。その晩、私は一駅分ほどを歩き、さらに最近はあまり行っていなかったところまで歩き回った。街路に、ほとんど人影は見えなかった。その夏は、それほど猛暑ではなかったのか、それほど汗はかかず、またいつも散歩をしているために、精神の病気とは裏腹に足腰は鍛えられており、疲れは感じなかった。

大岡昇平、大岡昇平、と頭の中で反芻しながら、いつまでたっても私の袋には穴が開かなかった。最後は諦めて家へ帰ったに違いないのだが、記憶のなかで、私はそのまま、夜の闇の中へ吸い込まれていった。

＊

前の年の四月に、私は大阪の大学に英語の専任講師として就職した。三月に、住むところを決めるために大阪へ行ったが、私は関東生まれの関東育ちで、大阪にはまったく土地勘がなかった。赴任前に電話で話した、英文科時代の同期生は、大阪には知り合いとかいるのか、とか、ひどく私を心配するようなことを言った。私は、学者というのはどうせ遠隔地へ赴任することが多いのだし、赴任先には先輩もいるのだから、そんなに心配しなくてもいいじゃないか、と少し反撥したが、後になって、彼は彼なりに、私が精神的に繊弱であるのを知っていて心配してくれたのだろうと思った。実際、その頃英文科の大学院を出れば、首都圏で就職できることの方が多かった。

当時は、金がなかった。そう高い家賃は払えなかったので、学生の住むようなマンションを探すつもりだった。その日、怠惰な私は出発が遅れて、大阪へ着いたのはもう夕方になっていた。大学は、大阪といっても北寄りの北摂《ほくせつ》と呼ばれる地域にあり、阪急宝塚線で梅田駅から三十分もかからなかったろう、豊中市、池田市、箕面《みのお》市が境を接する、豊中市の丘の上にあった。その晩は、大学内の宿舎に泊まることになっていて、もう遅くなっていたが、大学でそこの若手の教授と会った私は、彼に付き添われて大学のそばのアパマンショップへ出かけ、女の店員の運転する車で三つの物件を見ただけで、そのうちの一つに決めてしまった。女は、そのうち一件を案内しながら、携帯に掛かってきた電話に出ると、いま一件決まりました、と言って、私を焦らせた。実際三月だったから、学生たちが次々と入居していたはずで、別に嘘ではなかっただろう。私が決めたその部屋は、到着する前からその女は、「広いんで驚きますよ」などと言っていた。少し、拙速だったようにも思うが、一見すると、台所と畳の部屋と二部屋あるように見えるその室は、そのために却って閉塞感があり、私の閉所恐怖症を増幅させたと、気づいたのはずっと後になってからだった。

歓迎会の二次会で、酒乱の同僚にからまれたのを除けば、大学勤務はけっこう快適だった。私と同期で赴任したフランス語の三田さんという年下の女性はかわいらしかったし、時には三十代の独身教員が集まって、わいわいと駄弁を弄したり、カラオケに行ったりもした。それまで、カラオケが苦手だった私だが、彼らと何度も行くことで慣れ、楽しめるようにもなった。特に、私より五歳年上の朝原今日子さんという助教授は、美貌で、男たちの憧れの的だった。そしてカラオケの時も、美声を聞かせてくれた。

四十代の助教授でも、ドイツ語の江原卓さんや、同じ英語科の黒瀬さんが、私をかわいがってくれた。英語教室には、秘書として環《たまき》牧子さんがいた。少し美人だったが、そんなに聡明な感じではなく、けれど感じのいい人だった。ある時、江原さんが、環さんは学生とつきあってるみたいだ、と言った。え、そうなんですか、と私が驚いて言うと、

「ほら、うちの建物の脇に小さい公園みたいのがあるだろう。早朝、あそこを通りかかったら、環さんが、ベンチでその学生とキスしてるのを目撃した」

うちの建物というのは、語学教師が集まっている、文学部の建物より新しい研究棟のことだ。

「へえ」

「いや、それで、その時の彼女の表情がさ、すごく官能的なんだよ」

江原さんは、田村正和に似た美男子で、女にももてた。だいぶあとになって、廊下で少し立ち話をしていた時に、ふと、江原さんが私と同じくらい、つまり身長が一六四センチ程度しかないことに気づいた私はびっくりした。まったくそんな風には見えなかったからである。

江原さんに誘われて、大学院のゼミの打ち上げに紛れ込んだことがある。私たちの部局は語学教師の集まりだったが、十年ほど前に独立大学院を創設していたのだ。彼らの雰囲気は、私がいたT大の大学院とはまるで違っていた。T大の院は「堅物」が多かったが、そこでは、カップルも多いようだったし、話題もいくぶん下世話だった。同じ旧帝大でも、ずいぶん違うものだなあと思った。もっともそのせいか、女子院生を好きになってしまうなどということは、起きずに済んだ。大学の近くに居を構えたせいもあり、夕方など、出歩くとよく同僚に出くわしたものだ。ある日、院生の木下美花さんと一緒に歩いている江原さんに出くわし、三人で酒場へ入って談論風発した。木下さんはちょっとかわいい子だったが、私の好みではなかった。

当時の、三十代、四十代の文学研究者の多くは、十年ほど前の「ニューアカ」ブームにやられた世代だったから、だいたい話題はその方面をめぐって、柄谷行人など有名評論家のゴシップなどを含めて、活発になることが良くあった。五十代、六十代の教授の中には、それを苦々しく思っている風があり、自然と、さして不快ではない世代間対立ができあがっていた。ただ、語学教師の集まりだけに言語学の人も半分はいて、文学と言語学の間では、しばしば、不快な対立が持ち上がることもあった。

その席で、江原さんが原節子の話をして、

「もう、死んだよな」

と言うから、私は笑いながら、死んでません、と否定した。ええっ、生きてたっけ、と言うから、ええ生きてます、と私は言った。

私はその晩、二人と別れて一人で帰ったのだが、翌日大学へ行くと、秘書の環さんが、興奮した様子で、「ねえ藤井先生、知ってます？　江原先生が、木下さんとキスしたんですって」と言う。ええっ、と私は驚いて、誰から聞いたの？　と訊くと、

「江原先生が、ご自分で言ってました」

と言う。

数日後、コピー室へ行くと、木下さんがコピーをとっていたから、私は、

「木下さん、江原さんとキスしたんだって？」

とからかうように言ったら、彼女は狼狽して、間違えて紙をさかさまにし、白いコピーをとってしまい、

「先生！　変なこと言うから、動揺を抑えきれずに、白いコピーをとってしまったじゃないですか」

と悲鳴をあげた。あとで江原さんに聞いたら、苦笑しながら、

「いや、ま、ちょっとした挨拶でね」

と言っていた。

そんなことも、セクハラだのといった問題にはならない、長閑《のどか》な世界のように思えた。私があてがわれたのは、建物の端にある、元は言語学の実験用に作られたらしい、ジュラルミン製のドアの研究室で、私はあまり研究室で仕事などをしなかったが、夏の夕方など、涼しい風が吹き込んでくる、そう悪くない部屋だった。隣が、前からいた、私より一つ下の独身女性、小山裕子講師だったが、この人はカラオケになど絶対つきあったりしない、いつも物静かに笑顔で挨拶するような人で、男たちは、修道女のようだと評していた。

大学院生だった頃、何よりの念願は、どこかの大学の「専任」になることだった。昨今、就職できない学者が増えているが、彼らは「選任」のような言葉を聞いただけで「専任」を連想

してびくりと反応するくらい、職に飢えている。中には、五十近くまで専任職にありつけず、強い抑鬱状態に陥っている人たちもいるという。それを思えば、三十過ぎで旧帝大に職を得たことは幸運だ、と私は確かに満足感に浸っていた。

それにしても、現実の勤務がそう面白いわけでないことは、たいていの職場と同じだ。それでも、一年目は私は張り切って、ミュージカル『ラ・マンチャの男』の台本を教科書に選び、自らナンバーを歌い、学生にも歌わせて、少々の楽しみを覚えていた。

もっとも、当時の私の最大の関心事だったのは、私が大阪へ来るのを二つ返事で承知した理由である、大阪の私立大に勤める吉川《きっかわ》玲子さんのことだった。大学院の先輩で、入学した時から憧れていた吉川さんとは、学会などで何度か会うことがあり、その時の彼女の対応に、私は一喜一憂していた。だが、吉川さんはその秋から、客員研究員としてアメリカへ行くことになっており、そのことを聞いた私はがっかりしつつも、一年で帰ってくるというので、いくらか安堵したものだ。

大学教員にとって、六月はいちばん辛い。四月の開講以来の疲れが出てくるし、蒸し暑く体調も悪くなりがちだからだ。そして、七月の休みを待ちわびるが、それはなかなか来ないのだ。

待望の七月が来て、初めてのボーナスが出た。最初なので半分しか出なかったが、それまで、住居を借りるにも親から借金をしていた私は、それなりに豊かな気分になり、あたかも自分が新進気鋭の学者であるかのような気がして、関東の実家へ帰って出身研究室の会合に顔を出したり、大阪へ帰ったりを繰り返した。ところが、八月の初め、京都で研究会があって私が発表する日、前日に大阪へ着き、朝起きたら、軽い眩暈がした。始めは、発表のストレスのせいだろう、くらいに思っていたが、発表が終っても、それは続いた。そのまま、京都から実家へ帰った翌日あたりから、私は激しい眩暈に襲われて、寝込んでしまった。

また例によって神経症の発作かと思ったし、それらしい不安感はあったが、どうもひどく眩暈がするので、冷房病ではないかと思って分厚い毛布をかぶって汗を流してみたりした。その年の夏はひどく暑く、特に夏の大阪は台湾より暑いと言われていて、私はガンガン冷房をかけて仕事をしていたからだ。四日ほどたつと、養命酒を買ってきて飲んでみたりもした。しかし最終的には、書くことになっていた現代演劇についての原稿を苦労して書き上げると、だいぶ軽くなった。そこまでは、それまでの発作と似た経過だった。違ったのは、軽い眩暈が残ったことだった。

その軽い眩暈は、それ以後、ほとんど私の持病のようになるのだが、疾病恐怖症《しっぺい》でもある私は、医者へ行って、脳腫瘍だなどと言われるのが怖さに、行かなかった。

それでも、何とか日常生活は送れていたが、九月になり、大阪へ帰ると、やはり神経性のものだったらしく、たびたび発作が起きた。深夜、ベランダに置いてある洗濯機が、洗濯を終えてガタン、と音をたてたのをきっかけに胸がどきん、となり、いても立ってもいられなくなって外へ飛び出すとか、宵《よい》の口にビデオを見ていたら次第に不安が募って外へ出て行くとか、外へ出ることが多かったが、それはやはり私が住んでいる室の閉塞感も原因の一つだったろう。事実、一度、江原さんと他の同僚や院生と一緒に訪ねてきたことがあり、あとで江原さんが、あそこ、ちょっと閉塞感があるな、と言っていた。もっと病気がひどくなってからも、私が広いところへ越そうとしなかったのは、その気力がなかったのと、外へ飛び出すという症状は、実家にいた時も起きていたから、この室とは関係ないという思い込みとのためだった。

しかし、本当にひどい発作に襲われたのは、さすがにすっかり暑さも去り、秋風が本格的に吹き始めた十月二十日のことだった。その日は、京都の国際文化研究所で大きな学会が開かれ、世界各国から学者が集まり、国内の有名な学者や作家も来ていた。詩人の辻井喬が、風邪でもひいたのか、マスクをして発表しているのを、私は立ち見していた。

この研究所では、大学での主任教授で、二年前に退官した菊池先生が教授を務めていて、その研究会には、T大での教え子たちが揃って出席していた。私は、大阪へ行けば、当然呼ばれるものと思っていた。だが、声はかからなかった。私を研究会に呼んでくれたのは、古典学者の棚橋先生だった。最初は、忘れられているのかなと思ったが、ほどなく、菊池教授に嫌われているなと感じた。その原因については、覚えがある。

その三月、大阪赴任の直前に研究室合宿が行われたとき、中国や韓国から来たばかりの留学生もいるというのに、右翼の論客として知られる大村教授が、自衛隊の戦闘機に乗せてもらったことがあるだのと、自国で日本軍国主義に関する教育を受けてきた彼らにはショックであろうようなスピーチをしたのである。もっともそれにも前史があって、それより一週間ほど前に、大村教授ともう一人の、定年退官する教授を送る会で、菊池教授とともに退官していた室田名誉教授が、研究室で出している学術雑誌に載った大村教授の文章を激しく攻撃したのである。大村教授の文章は、旧仮名遣いこそが正しいと高い調子で述べたもので、教授のかねてからの持論だったが、室田教授は、それが巻頭エッセイとして書かれていたため、わが研究室全体があのような考えを持っていると誤解されては困る、と非難したのである。その会は、しかし、大村教授を送る会でもあり、場違いな批判に聴衆は静まり返ったが、実際は世間では、室田教授もまた「ナショナリスト」だと思われており、菊池教授もまた、その数年後に「中立的な歴史教科書をつくる会」の理事になって、やはり世間からは保守派だとされていたのだ。

しかもその時、私は、壁際に並べられた椅子の、よりによって大村教授の右隣の席に座っていた。さらに弱ったことに、スピーチを終えた室田教授は、挑発でもするかのように私の右隣に座った。つまり激しく炎を燃やしている二人の教授の真ん中に座ったわけで、これは精神を鍛えるのに役に立つか、トラウマになるかのどちらかであろうと思われる体験だった。

だから、その一週間後に行われた合宿で、大村教授は興奮して、それまでになく良識の範囲を逸脱して「右翼」的な話をしてしまったのだろう。その時は、菊池教授は来ていたが、室田教授は欠席していた。しかし、大村教授の名誉のために言っておくと、教授が主任をしていた二年の間、修士論文審査では、教授は一切、政治的な判断をせず、たとえ左翼的な論文でも、学問として優れていれば認めたと、これはその頃、他の人たちが口を揃えて言っていたことだ。だが、それが室田教授の攻撃で爆発したようで、みな、はらはらしながら聴いていたと思う。

その後、この研究合宿では毎年のことだが、出席している個々人がスピーチを求められ、私の番が回ってきた。私は、就職が決まっている安心感も手伝ってか、「もし今ここに、アメリカの学者がいたら、T大の国際文化研究室はナショナリストの巣窟だ、と言ったでしょう」云々と口にしたのである。大村教授が不快を抱いたのは間違いないが、菊池教授も、場の空気を乱すような、あるいは研究室批判のようなことを言われて、不快感を持ったのだろう。

私が「アメリカの学者」などと言ったのは、それから二年ほど前まで、私が北米に留学していて、そこでの日本学者の、激しい日本ナショナリズム批判を耳にしていたからだ。もっともこの場合、中国や韓国の留学生もいた、ということこそ問題だと私は後付けながら思った。彼らの受けた反日教育が間違っている、あるいは誇大だとしても、いきなり大村教授のスピーチのようなものを浴びせかけるべきではなかった。その後、七月に愛知県で学会があった時、私はその場にいた女性の中国人留学生から、

「あの時、先生の話を聞いてすごく感激しました」

と言われ、ああ、言ってよかったな、と思ったものだ。

研究所の廊下で、菊池教授が、かわいがっている門下生数名と一緒にいるのを見つけて、私もその後ろに立った。ほどなく私を見つけた教授は、「ああ、いたのか」と、いかにも関心がなさそうに言った。菊池教授に嫌われているようだという念は私を憂鬱にしたが、夕刻が過ぎて、外が真っ暗になった頃、研究所のサロンのようなところで、当時のT大の教授だった坂本先生を囲んでの何となくの歓談があり、私は救われた気になった。しかし、そこにいた若村蛍《けい》子《こ》さんという、菊池教授や坂本教授の秘蔵っ子ともいうべき先輩を含め、多くの人は、私が菊池教授の研究会に呼ばれていると思っているようだった。

その晩、京都のほうで宴席が設けられていると聞き、流れで私も行くことになったが、多分それは菊池教授の研究会の打ち上げだったから、お呼びでなかったのだが、内心に焦りを感じていた私は、京都の繁華街へ向かうタクシーに、T大の神谷教授、京大の千葉教授ほか女性一人と乗り込むことになり、女性は助手席に、後部座席に私を含む三人が乗り込み、私は左端に座を占めた。しかしこの日私は、勤務先の大学に比べて、母校の教授や先輩が、私に対してあ

る冷たさをもって接していることを感じていた。

研究所は、京都市の西のはずれにあったから、タクシーの乗車区間は思いのほか長かった。しかも千葉教授は巨体で、ひどく窮屈だった。そしてタクシーが京都の市街地にさしかかった時、私は突然、閉所恐怖のパニック発作に襲われたのである。

その当時、パニック発作という言葉は、世間的にまったく流布していなかったが、私自身は、子供のころから、自分がいま身動きができないというような状況で、ぱっと恐怖心で身体中が満たされるような経験をしてきた。しかしこの時は、ずっと精神状態が悪かった中での発作だった。走行中のタクシーのドアを開けてでも外へ飛び出したいという念慮がぎりぎりっと襲ってくる。しかし、そんなことはできないし、気持ち悪いから降ろしてくれとも言えない。私はひたすら、クルマが目的地に着くまで、耐えた。

到着した先では、二階の座敷へ案内された。六畳敷きほどのところの、片方の端に菊池教授、もう片方の端に神谷教授が座り、その周辺に、それぞれの教授に近い人びとがずらりと居並んでいた。

「なんや、君、来たんか。けど君、関係ないやろ」

と無遠慮な言葉を掛けてきたのは、大学の先輩で、今の勤務先へ私を呼ぶのに一役かってくれた、マゾビエツキー清川保だった。この男は、女たらしとして知られ、院生時代に婚約して菊池先生に媒酌を頼んでおきながらそれを破棄したという前歴があり、その後、就職する頃、背の高い美人と結婚したが、その後アメリカ留学中に、ナスターシャ・マゾビエッキーという、同僚のロシヤ系アメリカ人の日本学者とできてしまったらしく、離婚が先かどうか知らないのだが、私はそのことを知らなかったので、就職のことで電話した時には、西洋人女性が電話に出たので驚いた。清川は、わざわざ家庭裁判所へ行って、マゾビエッキー清川という複合姓を正式な姓にしていた。

住居を定めに大阪へ来た翌日、私はマゾビエッキー清川と会って飲んだ。飲んだといっても私はほとんど下戸なのだが、その頃は、つきあいのために一杯のビールくらいは飲んでいた。清川は大酒家だった。その時、双方の先輩に当たる、当時三十代後半の美しい女性学者について、あの人はまだ独身ですよ、と私が言うと、清川は、

「えーっ、××さん、まだ処女なのーっ？　ボクが貫通してあげるーっ」

などと夜中の道のど真ん中で言うので私は唖然としたが、論文ではフェミニスト風のことを言いながら、実際の言動や行動ではこの人は万事この調子だった。五月頃、何か部局の集まりの酒宴の時は、

「なあ藤井くん、ボク君のこと心配してるんやでー。セックスフレンドを持てやー。セックスはええぞー」

などと言うのであった。もっとも、この種の人によくあることだが、相手が不快に感じるなどということは想像もしておらず、善意で言っているのだが、驚きながらも、当時の私は、素直に善意として受け止めていた。

清川は、マルクス主義者だと自称していた。実際、夫人と一緒にアムネスティの活動もしており、私は一度、清川夫妻に、アムネスティ系の妙に薄汚い食事処へ連れて行かれたことがある。だから、私が就職して三ヶ月目くらいに、国際文化研究所は保守的なところだから、ボクは呼ばれないんだ、と言っていた。なのに、どういうわけか、いつの間にか、菊池教授の研究会に参加していたらしい。この辺の、学者社会の有為転変は、政界と同じで、油断がならない。

ずらりと座布団が敷かれている中に、菊池教授の「玉座」から見て右側に、一つだけ、誰も座っていないらしい席があったので、そこに私は座った。隣にいたのは、キュレーターの黒澤みずきさんという、四十がらみと思える女性だった。既に三冊くらいの著書があり、私もその名は聞いたことがあった。如才のない人で、挨拶のあと、さらさらと会話が弾んだ。菊池教授は、そばに、やはり私の先輩で、オペラ歌手のような美貌の持ち主である中田夕子さんという、近ごろT大の助教授になった人を「侍らせる」ような形にしており、そこへ二名ほどが加わって、会話の花が咲いていた。

私もそこに少し加わって、何とか菊池教授との関係を修復しようとした。といっても、その

場では特にどうということもなかった。再び黒澤さんのところへ戻って話していると、マゾビエツキー清川が、

「藤井くん藤井くん」

と手招きするから、何かと思って出て行くと、

「君なあ、今晩、何くわぬ顔して黒澤女史について行って、ホテルに泊まってしまえ」

と言うのだ。呆れて、「何バカなことを言ってるんですか」と言い棄てて席へ戻った。

十時近くなって、私は、電車がなくなるから、と言って帰ろうとした。すると、清川が、えー帰るのかよ、と引きとめた。

「大丈夫だよボクがクルマで送っていくから」

と言うのだが、

「清川さん、酔ってるじゃないですか」

と言うと、

「いや女房に運転させるから」

と言い、隣にいたナスターシャ夫人も、うんうん、と頷いた。私はさっきの経験から、クルマに乗るとまた発作を起こすのではないかと恐れていたので、ためらった。しかしよくよく考えるなら、自分はここにいてはいけないのではないかという不安を抱いていた私にこう言うの

は、清川なりの優しさだったのかもしれない。中田さんも、つきあいでかもしれないが止めてくれたので、美人に弱い私は、残ることにした。何といっても、酒席を先に立つのは、少なくとも若い男には勇気が要る。

十一時を回って、ようやくお開きになった。東京から来た教授連はホテルをとっているのでそこへ引き上げる。私はナスターシャ夫人が運転する清川のクルマに便乗するつもりで、そう言ったら、清川が、

「なに？　黒澤女史のところへ泊まるんじゃないの？」

と言ったから、あれは本気だったのかと唖然とした。

清川は、演出家の宮本亜門のような、西洋人風の顔だちをしていた。アメリカで博士号をとっており、語学に秀でていた。私はその当時は、清川の学識が優れていると思っており、軽い恐れを抱いていた。ある種の人は、清川が、あたかも自分が色男であるかのように語るのを嫌厭《けんえん》していたが、別の人は、困ったやつだがどこか憎めない、と言っていた。五月ころ、大学で、上野千鶴子と浅田彰の公開対談が開かれたことがある。私も出かけていった。私はカナダで一度、上野に会って最初の著書を渡しているし、東大で授業に出たこともあったが、対談が終って壇下へ降りてきた二人のところへ私が行くと、清川も来て、上野が「あらー、清川さん」と嬉しそうに声をかけた。ああ、上野千鶴子とも親しいのか、と私は思ったものだ。

いざクルマに乗り込むと、運転席に清川がいたので私はぎょっとした。ナスターシャ夫人も、平然と助手席に座っていた。当時の私は、敢然と乗車を拒否して自分でタクシーを拾うことはおろか、なぜ夫人が運転しないのか、そう言ったではないかと詰問することもできなかった。というよりその日は、また発作を起こすのではないかという懸念のほうが大きかった。

そして結局、私は、酔いが覚めたと自称する飲酒運転者である清川がかなりのスピードで運転するクルマで大阪府東部のT市へ帰り、マゾビエツキー清川夫妻が住む宿舎に一泊したのだった。

＊

十一月に、大学が学園祭などで一週間ほど休みになることがあり、その間、私は実家に帰ることにした。その帰る予定の前日に、私は、大阪を訪ねてくる平岩たつみさんと会うことになった。平岩さんは、私が最初の本を出した頃に手紙をくれた編集者で、当時はフリーだったが、その頃は大手新聞社の出版部に勤めていた。六つくらい年上だっただろう。私は平岩さんに、本を書く約束をしていたのだ。けれどその前に、室田先生の紹介で、中央出版社から新書判を出すことにしていて、その頃ちょうどその本の最初の校正刷りが届いていた。平岩さんのほうは、もっと本格的なものを書くことにしていて、私はそれを博士論文にして母校に提出しようと考えていた。

もっともその時の来阪は、京都での別の用事のついでで、半ば遊びだった。梅田で落ち合って食事をしてから、少し離れたところにある空中庭園へ行き、それからヒルトンホテルのラウンジで酒を呑みながら四方山の話をした。平岩さんは背が高く、ボーイッシュな感じだったが、その時は、前以上に髪が短くなっていた。十一時を回って、私は電車で帰ろうとしたが、平岩さんが、タクシーでお宅まで送っていきますよ、と言った。

タクシーに乗るのは不安だった。知人が運転しているクルマなら、降りるのは容易だが、タクシーだとそうはいかないからだ。といっても、これはあくまで可能性の話であって、本当に降りるわけではない。ただ、降りるのが困難だという意識が、不安を呼び起こすのである。けれどこの病気は、だから乗らないという風に後退していくと、却って悪化することを知っていた私は、少しびくびくしながら乗り込んだ。ヒルトンホテルのラウンジの、薄暗い中で平岩さんのその恋愛経験などを聞いていたためか、車中で平岩さんと話しながら、私は、もしかすると家に着いて、平岩さんが上がっていくことになるのではないか、といった想像をした。大阪へ来て、初めて日本での一人暮らしをして、江原さんや清川と話しているうちに、いくぶん私の性的感覚はおかしくなっていたのだろう。

だが、行程が半ばを過ぎ、タクシーが高速道路を走り始めてほどなく、私は発作を起こしてしまった。胸がしめつけられるような恐怖が襲ってくる。だが、それを平岩さんに悟られないように、私は平静を装った。ちょうどそこに、当時の大阪の新名所ともいうべき、チチヤス・ヨーグルトの、ヨーグルトの形をした建物が見えてきた。平岩さんは、

「あっ、チチャス」

と言った。私は平静を装って、チチャスじゃないですよ、チチヤスです、と言い、平岩さんは、えーっ、あたしずっとチチャスだと思ってた、と答えた。

ようやくタクシーは私のマンションの前に辿りつき、もちろん、平岩さんは、そのまま乗って、帰っていった。

自分の部屋へ入ると、不断と情景が変わって、少し歪んで見えた。困ったなと思った。十二月七日から、国際学会で、留学時代の恩師である迫水教授と室田先生、そして後輩の杉村などとともに、シンガポールへ行くことになっていたからだ。もともと飛行機は苦手だったが、こんな状態で飛行機になど乗れるかどうか、危ぶまれた。けれど、その翌日起こった事態は、その時点ではまったく予想だにしていなかった。

その頃私は、新幹線に乗るのに、阪急線で梅田へ出てJRで新大阪へ行くという通常のルートではなく、十三《じゅうそう》で阪急京都線に乗り換えて、一つ先の西中島南方《みなみかた》駅から新大阪駅まで歩く

というルートを取っていた。その日もその経路で、大型のカバンを肩から掛けて、私は割合明るい気分で、天高い秋日和の中を歩いていった。だが、プラットフォームに立って、自分が乗るべき新幹線が滑り込んでくるのを見た瞬間に、これから三時間近くこの中に閉じ込められるのだと思うや否や、全身が震えるような恐怖に襲われたのである。まったく、予想外の発作だった。

一ヶ月ほど前に、夜間の新幹線で東京に向かっている時、外の暗闇を見ていて、ふと似たような恐怖を感じたことがあったが、それはすぐに消えた。しかし、この時の恐怖は、さらに激甚で、突然で、今まで経験したことのないものだった。

だからといって乗らずに逃げ帰るわけにはいかない。意を決して乗り込み、座席に座ると、持ってきた校正刷りを検討し始め、他のことを考えないようにして、東京までを乗り通した。

院生時代に、谷崎潤一郎の『青春物語』が文庫になったのを読んで、若い頃の谷崎が汽車恐怖症になったことを私は知っていた。だが、私の最初の神経症の時は、この症状は現れなかった。それがとうとう、私にも襲い掛かってきたのだ。けれど、この時は、まだ序の口だった。それから私の電車恐怖は、一進一退しながら、遂には各駅停車にも乗れない状態にまでなってゆくのである。

その車内で私が検討していた校正刷りの新書は、夏目漱石に関するものだったが、私は、その刊行に怯えを抱いていた。二十七歳の時に出した最初の本が、冷淡な扱いを受けたからだ。しかもその本も、最初の原稿で、「心中天網島」の筋を間違って書いていたのを、校閲者に直されたりしており、自信を失っていた。その上、そんな扱いを受けた最初の本に嫉妬した同僚から恫喝されて、学者の中には、著書を出すと嫉妬する人がいることを知り、その面からも不安があった。

大阪へ帰るときは、普通に新幹線には乗れた。だが、シンガポール行きはやはり懸念された。その頃竣工《しゅんこう》なったばかりの、関西国際空港から乗ることになっていたので、私は出発の一週間前に、堺市の海上に突き出た新空港を見に行った。実は、この国際会議の内容も、私には気の進まないもので、それは『暗夜行路』を主題としていたが、あの長編がそんな名作だとは私には思えなかったからだ。それでも夏ごろから、苦労して、何とか論文を仕上げた。

大学生協で搭乗券を買い、当日、やや緊張して空港へ向かうと、喫煙席がもう一杯なので禁煙席しかないと言われて、青ざめたが、仕方なく乗った。エコノミークラス症候群というのも、その頃はまだ発見されていなかったが、エコノミークラスで、三人並びの席の窓際に座り、横の二人が連れだったりすると、もはや地獄である。さらに食事時になって前のテーブルが降ろされると、狭い空間に閉じ込められたも同然で、閉所恐怖症の人間には堪ったものではなく、わあっと叫んで脇の二人の頭の上を乗り越えて逃げ出したくなる。もっとも、その図を想像すると、何か笑いがこみ上げてくるものもあった。

留学中にも、帰国途中の飛行機の中で、ふとパニックを起こしそうになったが、なんとか心を宥めたことがあった。閉所恐怖症というと、その気がない人は、狭くて暗いところがダメなので、新幹線や飛行機内は十分広いのだから、なぜかと思うかもしれないが、当分の間、この閉鎖された空間から出られないという意識が、恐怖を引き起こすのである。地上から、飛行機が飛んでいるのを見たりして、自分があういう小さなものの中に入って上空を漂うのだと想像すると、恐ろしかった。それに、普通に飛行機を怖がる人同様の恐怖感もあり、この時も、なるべく気を鎮め、余計なことは考えないようにして、『大相撲親方列伝』という肩の凝らない文庫版の読み物を読んでいたが、機がガタガタと揺れると、飛行機事故はもっぱら離着陸の時に起こるものだと分かっていても、恐ろしくて、手から汗がにじみ出て、その文庫本はびしょびしょになってしまった。

シンガポールまでの飛行時間は八時間で、これはアメリカ西岸へ行くのとほとんど同じだった。そして、あと一時間でシンガポールに着くという段階で、とうとう私は発作を起こしてしまった。ちょうどこむら返りが起きる時のように、くるりと気持が反転して、どっと恐怖が襲ってくるのである。これはもうどうしようもないから、南無妙法蓮華経とお題目を唱え、じっとこらえて着陸を待った。

ようやく機がシンガポール空港に着いて、ほっとして機外へ出ると、日本は冬だったが、さすがにむっとした南国の熱気を感じた。と同時に、初めて留学先へ降り立った時と同じ、外国にいるという不安感にも襲われた。何より、帰りにまた飛行機に乗ることを考えるとぞっとしたが、ずっとシンガポールにいるわけにもいかない。

学会の会場であるシンガポール大学まで行くのに、マイクロバスに乗った。ところが、バスに乗ってすぐ、ああ、これはいかん、と思ったのは、バスが怖いのである。既にもう、閉鎖された乗り物一般が、ダメになっていたのだ。しかし、しょうがないから、耐えた。電車に乗れない、特に急行や特急に乗れない、というのが不安神経症の典型的な症状であることは知っていた。以前、病気に罹った時、東大教授だった辻村明の『わたしはノイローゼに勝った』という本を読んで、森田療法という神経症の治療法では、「恐怖突入」といって、怖くて乗れない電車などに、むりに乗ってしまうことが勧められているのを知っていたから、私はこれからしばらく、森田療法のやり方でこれを克服しようとした。

シンガポールは既にその当時、「清潔ファシズム政府」になっており、屋外で小便をしただけで鞭打ちの刑になったなどというニュースが流れていた。大学へ到着して、宿舎へ案内されたが、個室なのに禁煙だった。冗談じゃない、と思って、夜になると、こっそり吸っていた。

シンポジウムの間、一度、自室のベッドに横になった時に、心臓のあたりが冷たくなってどきどき、っとしたことがあった。『暗夜行路』が好きでないという以外にも、あとから思えば、ただテキストを読んで感想めいたことを言うという、迫水教授のニュー・クリティシズムの手法に、既に私は疑問を感じつつあった。だが、私が実証という基本的な研究の手法にたどり着くには、あと数年かかった。それにしても、どうも発表や応答を聞いていて、違和感を感じたので、二人きりで歩きながら、迫水教授に言ってみると、

「そう。学者ってのは変なもんでね。職人が、長いこと同じ仕事をしていると、体の一部分が曲がったりするだろう。あれと同じでね、なんかこう、ひん曲がってるんだよ」

と言った。留学以来、迫水教授はこういう、他人には言わないであろうようなことも私には言うようになっていた。

三日目の午前でシンポジウムは終わり、その晩はみなでシンガポールの町へ出かけたが、相変わらずマイクロバスが怖くて困った。シンガポールの道路を走っていると、荷台に肉体労働者を五、六人乗せたトラックが走っており、階級社会を感じさせた。

乗り続けているうちに、マイクロバスの怖いのも薄れてきたのだが、いちばん困ったのは、その翌日の観光旅行で海を渡った公園へ行った時で、現地人の西洋人のガイドがついていたのだが、そこから戻る時に、一人乗りのロープウェイに乗ることになると聞いて私は慌てた。小さな箱に乗せられて小さな海峡の上空を移動するなんて、その時の私には考えられないこと

で、私はガイドに、怖いから船で渡らせてくれと頼んだ。ガイドは、「オーケイ」と言ったのだが、他の人々が次々と箱に乗り込んでいくのを見送っていたら、突然、その乗り込みの手伝いをしていた二、三人の係員の男たちが、私をも乗せようとしてこちらに向かってきた。私は、ノー、ノー、と言って拒否しようとしたのだが、彼らは、容赦なく私を引きずっていき、箱に乗せてしまった。

私は、目をつぶるようにして、かといって、高所恐怖なわけではないから、ただじっと、箱が下に着くまでを耐えた。ようやく下に着いて、ガイドに騙された、と呟くと、室田先生が「彼は君を迎えに戻るつもりだったみたいだよ」と言ったから、あの係員たちが、私が単に怖がっていると思って、西洋人流に強引に乗り込ませたのだろう。

そんな、半身不随ともいうべき状態でのシンガポール体験が終わり、私は再度、こわごわ飛行機に乗った。今度は、五時間ほどで台北空港に着陸し、乗換えがあって、大阪へ向かった。台北から大阪まで一時間で着いたのには驚いたが、その台北から大阪までの間に、恐怖感がすうっとなくなった。私は、これはきっと、学会が終ってストレスがなくなり、治ったのだ、と思った。しかしこれが、私が海外へ行った最後になった。後になって考えると、この時の学会には、日本人の若い女性が一人も参加しておらず、それが私の、あるつまらない感じを増幅していた。

比較的暖かな十二月半ばの大阪へ帰って、私は少しほっとした。けれど、五日ほどたって、相変わらず頭が重いことに気づいた。また調子がおかしくなってきたのは、年末に実家へ帰ってからだった。新書判は三月に出ることになっていたので、私は、平岩さんに約束し、博士論文にしようと考えているものの執筆に取り掛かった。私も知っている、少し年長の優秀な英文学者が、英語ででではあるが、博士論文を書いて、そのあまりの苦しさに、学者を廃業しようと思った、と書いていたのをのちに読んだが、実にこの博士論文の執筆は、苦行だった。その理由のひとつは、主題が、先輩である女性学者、つまり例の吉川さんの博士論文と似ていること、しかし私はこれに異を唱えようとしていることにあった。一方では、異を唱えているように見えて根底では大して変わらないのではないかという懸念と、もう一方では、私が彼女に女性として思慕を抱いていたということがあった。さらには、彼女は若村さんと双璧とも言うべき、菊池教授のお気に入りだということもあった。だから私には、吉川さんの研究への疑問を隠して別の研究をするか、何らかの形でそれに異を唱え、中央突破をするかの二つしか道はなかったのだ。マゾビエツキー清川は、まだマゾがついていない清川保だった頃に、吉川さんの修士論文に厳しい批判を浴びせたこともあったが、この頃は、大阪在住の先輩後輩として、その辺をあやふやにしつつあった。

その頃弟は、やはり旧帝大の一つの理系の修士課程を終えて、兵庫県のほうで会社勤めをしていた。帰省した弟が、年明け、母と一緒に日本橋の三越へ行き、福袋を買ってきたが、その中に、大きなジグソー・パズルが入っていた。私と母と弟と三人で、三日くらいかかって、それを組み立てた。

私の院生時代に、弟が帰省すると、家族四人で麻雀の卓を囲んだ。しかし、麻雀に詳しいのは父と弟で、私はやり方は知っているだけで、それを母に教えた。その習慣も、私と弟の就職、父の定年と同じころになくなっていた。そして、この年のジグソー・パズルは、父は加わらなかったけれど、私たち家族が、いかにも家族らしい年末年始を過ごした、最後の機会になった。

けれど、私の精神状態は、この頃から次第に悪くなっていった。大阪へ帰る新幹線は、僅かな恐怖を感じながら乗ったものの、乗っているうちに慣れるどころか、米原《まいばら》を過ぎるあたりから加速度的に私は恐怖にとらえられ始め、新大阪で降りたあと、阪急電車の急行に乗る気にすらなれず、各駅停車で帰ったほどだった。

気候は本格的に冬めいてきて、私の気分は沈んでいた。単に沈んでいるだけならいいが、常に微かな不安に痛めつけられ、軽度のパニック発作を時おり起こしていた。ほどなく大学の仕事が始まり、一月十五日に、私たちは大学で行われるセンター試験の監督をすることになった。その日は雪が降っていたが、あまり見たことのない、小さな雪片がひらひらと舞う、風花《かざはな》というやつだった。私たちの部居が割り当てられたのは、障害者用の試験で、だから、二人くらいで組になって、二、三人の受験者を前に、机に座っているだけの仕事だった。一日それをやって、もちろん肉体的には疲れないのだが、さすがに虚しい仕事だった。

それから二日後の朝、異常を感じて目を覚ますと、世界が激しく揺れていた。はっきりと目が覚めるころには揺れはだいたい収まっていたが、起き上がってふと見ると、本棚の本が上のほうからかなりの量、落ちてきていた。ああ地震だと思って、振り返ると、買ったまま段ボールの箱に乗せておいたテレビが、下へ落ちていた。私は慌ててまずテレビを元に戻すと、壊れてはおらず、ちゃんと画像は映った。そして、明石近辺を震源地とする大きな地震があったことを、臨時ニュースが告げていた。隣室の台所へ行ってみると、冷蔵庫の上に載せておいた炊飯器が床に落ち、食器もいくつか落ちて、ご飯茶碗が割れていた。

私はまず実家に電話して、自分は大丈夫だと母に告げたが、弟はその頃明石にいたから、そちらが心配だった。しかし、電話は通じないとのことだった。私も掛けてみたが、女声のアナウンスが、この方面は大変電話が込み合っております、と言うばかりだった。

この時、私が何より恐ろしいと思ったのは、マンションの住人同士での声の掛け合いがまったくなかったことだ。このような、学生も入るようなマンションでは、若い女の一人暮らしもあるし、どのような人が入っているかもしれないから、近隣づきあいはない。そのことが、私の恐怖感を増幅した。どこかで出火しているかもしれないし、ガスが漏れているかもしれない。

一時間ほどして、管理人が様子を見にやってきたので、出火などはないらしいと分かったが、八時ごろになって、私は大学へ出かけた。自分の研究室のドアを開けた瞬間、ぞっとしたのは、両側に立てられたステンレス製の本棚が一斉に倒れ、中央で合掌型になっていたことで、むろん中の本はそこら中に散乱していた。

この時、大阪市内は、震源地から遠かったため、被害はほとんどなかった。逆に、神戸方面の被害は大きく、神戸市長田区から出火して、その夜にかけて延焼したのは、よく知られている。私がいたのは、むしろ兵庫県寄りの場所だったため、豊中市では被災者が出ていた。ただでさえ神経が弱っていた私は、これに打撃を受けた。大学では、三々五々、同僚が集まってきて、地震について語り合った。多くの人が、研究室の本棚が倒れたと話しており、中には、その時大学にいて、たまたま研究室の外へ出ていたために助かった教授などもいた。何より、神戸方面に住んでいる同僚や知人のことを、みな心配していた。私は、大学の公衆電話から弟に電話を掛けたが、やはり繋がらなかった。だが、実家に電話してみると、弟から連絡があり、無事だとのことで、安心した。まだ携帯電話などない時代のことだ。

しかし、余震は続き、テレビでは、一日以内に大きな余震が来る可能性を告げていて、それは当初は八割くらいだったが、夜になる頃には三割くらいになっていた。十時ころになって、私は自室へ帰り、早朝に起きたため、寝直そうとしたが、まるで眠れなかった。結局その日は、何も手につかず、大学と自室を行ったり来たりしていた。その間、マンションの下の階の廊下に、×印に罅《ひび》が入っているのに気づいた。その階の住人らしい女性が、「上の階でも、こんな風にペケになってます?」

などと話しかけてきた。同じマンションの人と話したのはこれが初めてだった。はじめ私は「ペケ」の意味が分からなかったのだが、大阪弁で「×」のことを言うのだ。その女性は、これで大きい余震が来たら怖いので、今夜は別のところへ泊まりに行きます、と言った。

それまでに、燃える神戸の映像などを見ていた私は、この言葉を聞いてから、次第にパニックに近い不安状態に陥った。夕方、私はまた大学へ行って、江原さんの研究室を訪ねると、幸い江原さんはいて、丘を降りて私を食事に誘ってくれた。

私の精神状態を聞いて江原さんは、実家へいったん帰ったらどうだ? と言ってくれた。しかし、私は、現状ではとうてい新幹線に乗れないだろうと思っていた。しかし、それは言わなかった。地震の直後は、普通の人でも、トイレに入るのが怖いとか、電車に乗れないとか、一時的な閉所恐怖症になったようだし、ましてや、既に精神を病み始めていた私には、ダメージが大きく、それは時間とともにじわじわと効いてきていた。

結局、江原さんが住んでいる留学生会館(そこで留学生の面倒をみるという条件で家族で住んでいる)の畳の部屋で、その晩は寝かせてもらえることになった。いったん、江原さんのお宅へ行って、天真爛漫な奥さんや娘たちを見て、ようやく落ち着いたが、テレビでは、神戸市長田区の町が激しく炎上している模様が放送されていた。東京にいてこれを見るのと、大阪にいて見るのとでは大きな違いだと思う。その映像は、私の弱った精神に、打撃を与えた。だが、その日は広い畳の部屋で、寝られた。

だが、翌日になって、自室へ帰っても、その晩はそこで寝るという気になれない。あとで思えば、この閉塞感のある部屋が私はもう嫌になっていたのだから、それを機に引越しを断行していれば、その後の悲惨な日々はもう少し軽減されていたかもしれない。だが私はまずその晩どうするかを考え、京都へ行ってホテルに泊まることにした。というのは、私は京都にはその二年ほど前、留学中に知り合った学生たちを訪ねて二週間ほど滞在しており、京都が好きだったからだ。むろん、よそ者が京都に住むと面倒なことが多いとは聞いていたが、一時滞在する分には関係はない。

電車に乗るのも少々怖かったが、阪急電車の各駅停車に乗って、ゆっくりと京都に向かう。すると、電車が大阪府と京都府の境である山崎のあたりまで来て、のどかな田園風景が広がった。後鳥羽法皇の水無瀬《みなせ》の離宮があるあたりで、私の心は、ここですうっと解放された。京都駅前に、ホワイトホテルという、少し変わったホテルがある。駅前といっても、ぐるりと回ったところにあって、旧式な旅館のように、出入りには断らなければならず、部屋は和室と洋室があるが、私は和室に二度ほど泊まったことがあり、そこに宿泊するつもりだった。

京都駅前へ降り立ち、歩きながら点検してみたが、地震の痕跡はほとんどなかった。まだ昼過ぎだったが、目指すホワイトホテルに投宿し、和室に入った。ちょっと部屋は狭い感じがしたが、とりあえずほっとして、三田さんから借りていたマンガの本を読み始めた。そのホテルには二泊した。二日目は京都の町を少し歩いて、西本願寺へ行ってみた。門前には鳩がたくさん群がり、老婆が立って鳩用の豆を売っていた。私はそれを買おうと老婆に近づいたが、既にその動きによって、鳩が私の周囲に群がってきた。そして老婆が豆の袋を私に手渡すと、ヒッチコックの『鳥』のように、鳩が群れをなして私に襲いかかってきた。私は、豆の袋を開けたが、そのまま鳩の群れの中へ放り出すようにして逃げ出した。よほど腹が減っていたのか、長年の習慣で鳩が獰猛になっていたのか、豆を少しずつ地面に放って鳩がついばむのを眺めるなどという状態ではなかった。

私は、大阪へ帰るのが怖かった。大学は臨時休校になっていたが、そろそろ帰らなければならない。しかし、もう一晩、別のところへ行きたくて、私は三日目には、奈良へ行った。だが、そこへ行く途中の電車の乗り換えで、いつもと変わらないラッシュに巻き込まれると、また恐怖を感じ、ようやく奈良に着いて、奈良スリーエムホテルというところに泊まったが、これは後年、耐震偽装問題で名前が出たホテルである。そして翌日、大阪へ帰った。

地震の被害をこうむった同僚もいて、朝原助教授などは、住んでいる実家が半壊してしまい、風呂が使えなくなって、大学近くの銭湯を利用していた。大学で、朝原さんがそのことを話すと、真野という助教授が、

「いやあ、朝原さんが銭湯に入っているのを想像すると、たまりませんねえ」

などと言っていた。後から考えるとセクハラ発言なのだが、その当時は、この類のことを言う人は普通に存在した。朝原さんは、地震のあと、大阪市内のデパートなどへ行くと、まるで地震などなかったかのように、ヴァレンタイン・デーを目指しての飾りつけがあったりしたことに、衝撃を受けた、と言っていた。事実、日が経つに連れて、被害の大きかった人と、ほとんど被害のなかった人との間で、温度差が現れてきた。一月も末になると、後者の人々は、「え、まだ気にしてるの」といったことを口にするようになった。大震災のトラウマは、実にこの、被害を受けていない人が身近にいることによって増幅されたと私は信じている。

しかし、地震で興奮したせいではないかと思える事件も起きた。ある大学院生の博士論文が、教授会で否決されたのだ。世間では、教授会というと教授だけが出るものと思っている人がいるようだが、一般的には、専任講師や助教授も出席する。その博士論文は、委員会を通って教授会に上程されたものだが、中間発表で耳にしたり、あるいは直接その院生と話した教員からの反対意見が相次ぎ、票決の結果、否決されてしまったのである。議長は部局長だったが、

その口から結果が発表されると、反対していた人たちまで、一院生の未来を断ち切ってしまったことを悔いるようなため息が漏れた。

その一週間後に、臨時教授会が開かれることになっていた。その間が大変だった。当然、委員会でその博士論文を通した教授と、これを積極的に推進した教授たちが、巻き返しを狙い、若手の教授が、もう一度投票、なんてことは言い出さないでくれ、と懸命に説得したようだった。私は、何の流れだったか、マゾビエツキー清川や江原さん、その他数名と、大学近くの居酒屋で飲んだ。清川は、その博士論文に対しては徹底した反対派で、

「学者としての資質がないってことは、はっきりさせた方が本人のためや、と思う」

と言っていた。話を聞いた限りでは、その論文は、よくある評論的な日本文化論だったし、これだけ反対があるのだから杜撰《ずさん》なのだろうが、実際にはその程度に杜撰な博士論文は、その頃、あちこちで提出され、通過していたから、私は疑問だった。別に通しても構わないのではないかと私は言ったが、清川は、

「だって君、よその大学の人から、あんなもんに博士号やって、って言われるんだぜ」

と言うので、私は、

「そんなこと関係ないでしょう。指導したわけじゃないし、自分がちゃんとした論文書いていればそれでいいじゃないですか」

と言い返して議論になったが、江原さんやS教授が口を揃えて、

「いや、ひどいんだって」

と私に言った。つまりそういう他大学の者からの嫌味が、ということだ。私は、自分のことでもない、学生の博士論文のことで人にいちゃもんをつけられた経験などないから、不満だったが、黙った。しかし清川が続けて言うところでは、教授連は、文部省からの圧力で、課程博士を出したがっており、助教授たちはおおむねそれに反対だといった対立があるとのことだった。なるほど、と私は初めてそういう裏事情を知ったが、結局、こうした措置が後に、博士号を取得しても就職できない学者を大量生産することになるのだ。

ほかに、地震が怖かったという話をしたら、フランス語助教授で三十代の小宮さんが、

「いやあ、もう一回地震が来て死んじゃったら、それはそれでしょうがないよ」

と言い、マゾビエツキーは、

「きみ、執着心強いんやな」

と言ったので、みなそんなに死ぬのが平気なのか、と少々驚いた。

そして一週間後の臨時教授会で、事件が起きた。教授会は、その三分の二くらいが、中身のない「報告」で占められている。その後は投票などだが、あまり議論になるようなものはなく、特に報告の長さは大学の三悪の一つとさえ言える。その日、報告等が終った時点で、英語

の玉川教授が立ち上がり、先週の博士論文否決について、

「私は、義憤を感じました」

と言って、批判を始めたのである。

「そもそも、委員会を通ったものは、教授会でも通すというのが暗黙の了解です。それを、一学生の人生が掛かっているというのに、ちょっと反対論を聞いただけで反対票を投じるのは、おかしいと思います。私は、いま自分の博士論文を提出していますが、抗議のため、撤回することにしました。まあ、今後、どこかでとるかもしれませんが、ここでは博士号はとりません」

といったことを激した調子で話した。

私はいつも、議長席から見ると右側奥、つまり右側の後ろのほうに座っており、玉川教授は同じ列の前の方にいた。しかし教授が着席すると、その向かい側の、玉川教授より少し前に座っていたドイツ語の助教授が立って、玉川教授のほうは見ずに前を向いたまま、憮然たる口調で、

「何を言うのでしょうか。賛成票を投じなければいけないというなら、なぜ投票などするのですか」

と非難し返した。みなが、息を詰めた。

すると、後ろのほうにいた小宮さんが立ち上がって、

「いや、そんな、喧嘩しないで…」

などと言った。事務長が何か言ったのを、玉川教授が聞きとがめて、

「では、再投票ということも、ありえるんですか」

と言った。それは、ないとのことで、結局、この博士論文は、書き直されて一年後に再提出されて通ったのだが、荒れた教授会だった。

そうして、存外、大学もいろいろな対立を含んでいるのだということが分かってきた頃、私はさらに狂ったような状態になっていた。博士論文を、一週間で二百枚分書き上げて、ある章を書き終えた時は、そのまま表へ飛び出してうろうろと散歩したりしていた。そんな時は、頭が沸騰したようだった。

私が住んでいたのは、最寄り駅は阪急線の小さな駅で、その周囲はちょっとした商店街だったが、少し外れると、何もない、かといって田園でもない、ぱさぱさした関西の町だった。マンションは大きな四つ角のそばにあり、出て右へ行くと駅へ行く道で、すぐに高架の道路になり、歩行者はその下を行くのだが、途中にあるのは、汚い居酒屋やゲームセンターだった。まっすぐ行く方向も高架の道になっている点は同じだったが、下には歯医者、古書店などがあり、私はよく、この古書店を訪れた。ただし、店主夫妻と馴染みになったのは、四年目くらいだっ

ただろう。左手へ行くと、大学がある丘へ登る道が斜めについており、そのまままっすぐ行くと、大阪梅田へ通じる幹線道路だったが、その沿線もずっと殺風景だった。後ろへ曲がると、これは箕面へ通じる道だが、私はよく、この道を散歩に選んだ。ごみごみして、殺風景で、住んで楽しい町とは、とうてい言えなかった。

シンガポールの学会の時、送られてきた書類に、奇妙なアルファベットと数字、そして@という不思議な文字の入った文字列が書かれていた。私が、これ、何ですか、と人に訊いたら、ああ、それはパソコン通信の宛先ですよ、と言われた。電子メールすら、当時の日本で使っている人は少ない時代だった。私は、手紙と電話があるのに、なぜそんなものが必要なのだろうと不思議に思った。その後、メールがそれらと違う便利さを持っていることは分かったが、そんなものを使って、世界中の人とすぐに通信可能な現在は、しかし特に、当時の私のような孤独な人間の救いにはなっていないようにも思える。大学で、予算がつくからと言われて、マッキントッシュのノートパソコンを買ったが、それも、使い方が分からなくて、研究室に置きっぱなしになっていた。論文の執筆はワープロを使っていた。

ストレスまみれで孤独な私が、散歩以外に求めた気分の紛らわしは、やはり性的なものだった。私は時おり、夕方ころから、十三のストリップ劇場へ行き、頭の重さに悩まされながら、気分の滞りを発散させようとした。特にどういうわけか、夜七時ごろになると、自室にいるのが怖くなるので、その時間に出かけることが多かった。当時は、電話がかかりやすい時間帯なので、電話が怖いのだと思っていた。あるいは隣の駅へ行く途中にあるビデオ屋へ行って、アダルトビデオを品定めし、時には店主に声を掛けられて「裏ビデオ」を買ってきたりした。もう一件、マンションからまっすぐ行って踏み切りを渡り、しばらく行ったところにもビデオ店があり、むしろこちらの方がよく行った。それは、大学院生の頃の、心底から楽しむＡＶではなくて、ただ気散じに買うビデオに過ぎなかった。中には、内容が気持ち悪くて、観た後で吐き気を催し、捨ててしまったものもある。

　博士論文は、一般的に、前もって見てもらうものだ。私が指導を仰いだ教官たちは、みな退官してしまったので、当時の主任である坂本教授に草稿を送って、読んでくれるよう頼んだ。それは、前年のうちのことだったが、一向に読んでくれる気配はなかった。

　食事は、始めのうち、自炊もできるようになろうと思って試みたが、ただでさえ炊事の訓練をしていない人間が、一人分を作るというのは至難の業で、ほどなくやめてしまい、最初は大学から帰る坂道の途中にある学生向けの食堂で夕飯を食べていたが、量があまりに多いのと、私は全学部を教える英語教師だったから、学生の顔など把握していないので、こちらは知らないうちに学生に目撃されているのが気になって、やめてしまった。それで、自分で惣菜や缶詰を買ってきて食べたり、駅のほうの中華料理店へ行ったりしていたのだが、その頃、夕飯を食べているると発作が起こり、慌ててかきこむように食べ終えると、まるで何かから逃げ出すように表へ飛び出す、ということが何度かあった。

一月でだいたい授業は終わり、二月に試験をして、採点、それから、二月の末から、入試の採点という仕事があった。採点は、吹田のほうの大学本部で行われるのだが、当時、まだモノレールが開通しておらず、タクシーで行かなければならなかった。これで、私は怯えた。その頃まで、私は自分の病気について、誰にも話していなかった。どうしようか、と思っていると、朝原今日子さんが、駅から出るタクシーの券が大学から配給されるので、一緒に行きましょうと誘ってくれた。朝原さんとは、前の年の十一月に、一緒に国立文楽劇場へ行ったりしていた。大地震のあと、二人で大阪へ歌舞伎を観に行く約束もしていたのだが、地震で朝原さんの実家が半壊したこともあり、取りやめにした。キャンセルは普通受け付けないものだが、この時は非常事態だったためか、受け付けてくれた。そう言えば、なんだ、孤独でもないだろうと思われるかもしれないが、朝原さんは英語学が専門だったので、文学方面の会話はあまりできなかった。

採点の前日、タクシーへの恐怖からか、私は一睡もできなかった。仕方なく駅まで出かけ、待っていた朝原さんに続いて、こわごわ乗り込んだ。この時は、発作も起きずにクルマは本部へ着いた。当然ながら、英語の教員である私たちの割り当ては、英語の答案の採点で、大きな教室に陣取って、五日の間に割り当て分を終えればよく、説明などが終ったあと、だいたいの人は三日くらいで終える。これは、そう楽しい作業でないのは言うまでもない。私は、朝原さんの隣に座って、採点を始めた。私の前には、赴任の時には留学中で不在だった時任助教授が座っていた。いくぶんニヒルな感じの、インテリによくいるタイプの男だったが、あとで聞いたら、学生時代はロック青年で、バンドを組んでいたらしい。この男が、ものすごいスピードで採点をしていた。どうやら、今日中に終らせるつもりらしく、その心事は私にもよく分かった。こんなところへ、採点のために何日も通いたくないのだ。それともう一つ、帰りもタクシーになることを、私は恐れていた。その当時は、タクシー恐怖症とでも言うべき状態だったのだ。帰りがみなと一緒になれば、じゃあタクシーで、ということになりかねないから、先に出て、バスか何かで帰ろうと思っていたのだ。それで、私も途中からスピードをあげ、夕方には終えてしまった。

挨拶もそこそこに本部を出ると、確かそのずっと南の方にモノレールの駅があったはずだと思って、私は歩き始めた。寝ていない上に、採点を一日で終えたから、神経は疲れ切っていたはずだ。ところが、いくら歩いても見つからない。概して私には、見当さえつけて歩けば見つかるだろうと呑気に構えているところがある。あちこちうろうろ歩き回り、疲れ果てて、ようやく見つけたバス停からバスに乗って帰ったが、何とも言えない不快感があった。

自室へ戻り、簡単に夕飯をとったか、その日は日曜だったので、八時から大河ドラマ『八代将軍吉宗』を観ようとしてテレビをつけた。しかし、オープニングタイトルが終って本編が始まるやいなや、恐怖の発作が来た。私はテレビを消すと外へ飛び出し、うろうろと、すっかり暗くなった町を歩き回った。それから数ヶ月の私の生活は、こうして、大学へ行くときはかろうじて普通に振舞い、帰宅するとパニック発作を起こすというめちゃめちゃなものになっていた。

そしてその原因についても、場当たり的に考えるのだった。その時は、試験の採点を一日でやったことで、目が参っていたのだ、と考えた。本当なら、ここまで症状が進んだら、精神科へ行って薬を貰ったほうが良かったのだ。けれど、私の病気が一段落してから、世間では、パニック障害とかメンタルヘルスとか言われるようになり、もっと気軽に精神科へ行って薬を貰おうというような本が出始めたのである。当時の私は、あくまで薬を用いずに、治そうとしていた。

その晩は、部屋へ戻ってパジャマに着替え、ともかく寝てしまおうと思ったが、不安はやまなかった。再び服を着て外へ飛び出す。二、三度これを繰り返した。誰かに電話するか、病院へ行くか、とも思ったが、夜中に病院に行くなら救急車を呼ばねばならず、救急車に乗ること自体が恐ろしい。切迫した状態だった。ついに私は、どんなに不安でも蒲団のなかにいてみよう、と考え、部屋へ戻った。そして、眠れたのである。だが、それから数日、テレビを見ると恐怖に襲われ、夜は不眠に悩まされ、表へ飛び出したいという衝動が激しく襲った。食事などまともにはとれなかった。こういう時は、簡単な精神安定剤さえ飲めばいいのだ。もちろん病気が根治するわけではないが、精神疾患は根治するものではない。対症療法をしながら、ゆるゆると環境を整えていくしかないのだ。実際、英文科時代の友人で、授業のある前の日はハルシオンを飲んで寝ている、という者がいた。それでも、私は頑なだった。

大急ぎで採点を仕上げたため、藤井先生、違ってます、といった連絡があることを恐れてもいた。それから二日目、やはり眠れない夜を過ごした朝、七時ころになって、起き出すと、たちまち、電車に乗って遠くへ行ってみよう、と思いついた。ところが、そう思いつくと、矢も盾もたまらなく、外へ飛び出したくなった。それはちょうど、若い頃、ゲームセンターのＴＶゲームに中毒になって、行こうと思ってゲームセンターへ向かうと、途中から小走りになった、それに似ていた。いわば、外出に中毒していたのである。しかしその前に朝食をとらなければならないから、下のコンビニへ行って菓子パンを買ってきた。だが、それを食べるのさえもどかしく、とにかく早く外へ行きたいから、立ったまままむさぼるように押し込むと、カバンを抱えて外へ飛び出すと、駅へ急ぎ、電車に乗った。

降りたのは、以前、心が静まるのを感じた山崎に近い、阪急大山崎《おおやまざき》駅である。駅を出て、水無瀬の離宮へ行ってみようと、歩くのだが、地図も何も確認していないから、行き着くはずがない。ずっと後年、行ってみたら、とうてい地図なしでは行けないことが分かった。そのうち、小さな疎水《そすい》を見つけて、私は、この風景に癒されようと思って、そこにしばらくたたずんだ。けれど、それは大した効果はなかったようだ。私は、駅へ戻った。

結局、それだけだった。それから私は、当てもなく阪急電車の終点の河原町《かわらまち》まで行ったが、何もすべきことはなく、これだけ体を疲れさせれば寝られるのではないかと思って、マンションへ戻った。蒲団にもぐったところで、電話が鳴った。平岩さんだった。精魂尽き果てていた私は、この時初めて、自分の病気を平岩さんに話した。他人に話すのは、これが初めてだった。平岩さんは、

「心配」

と言った。私が、いえ、身体はなんともありませんから、と言うと、

「そうじゃなくて、藤井さんのココロが心配」

と言う。聞いてみると、平岩さんは、飛行機に乗ると、わあっと叫びだしたくなる、けれど、次に乗るときはまた忘れていて乗るという。しかも平岩さんは、森田療法にも詳しかった。さまざまに話をして、いくぶん落ち着いたような気がして、寝ようとしたら、また電話が鳴って、これは大学院の同期の江国桃子さんだった。江国さんは、これから先、私の親友と呼ばれるよ

うになるが、この時は、電話を切ったあと、また電話が鳴るんじゃないか、という不安のため、眠れなくなった。もっともそうではなくても眠れなかったのかもしれない。だが私は、隣の駅のビジネスホテルへ泊まるという不思議な決心をした。

それは、誰も自分がここにいることを知らないところへ行ってしまいたいというものだった。また同時に、自分が自分であることから逃避したい、ということでもあった。とにかく眠るためにはなるべく疲れたほうがいいと思い、またしても、隣の駅まで歩いた。なぜ隣の駅だったのかといえば、近くのホテルに泊まるのはおかしいから、というのと、引っ越してきた時、蒲団がまだ届いていなかったので近くのビジネスホテルに泊まったら、どうやら伊丹空港から来たらしい怪しげな外国人がたくさんいたからでもある。

隣の駅のビジネスホテルは辻井といったが、部屋はむしろ自室より狭かった。それでも、ここには誰からも電話は掛かってこない、と思うことで安心できるような気がした。だが、夕食をとるために外へ出て、近くの喫茶店風の食事処へ入ると、たちまち閉所恐怖に捉えられた。食事が出てきて、食べるまでここを出られないという意識が、ぎりぎりと頭や心臓を苛《さいな》むのである。遂に、ここまで来たのである。私は、青ざめながら恐怖に耐え、食事をとると、ホテルへ戻った。そして狭い部屋で、寝たのである。

もう一つ懸念があった。一年目の教員がやらされるらしいが、私はパーティ係でもあった。

そして、木曜に採点の最終確認が終ると、千里《せんり》中央のホテルで年度末の打ち上げがあり、私はその幹事をさせられることになっていたのだ。その酒宴には、私を恫喝した酒乱の助教授・平木も来るのである。あとで聞くと、時任助教授は、留学前に、夜、共同研究室で、酔って乱入してきた平木に「ぶっ殺してやる！」と言われたことがあったそうで、だとすれば採点を早々に切り上げたのも、平木のいる場所に長くいたくなかったからだろう。ただ当時の私は、平木の恫喝がトラウマになっていることを、なるべく考えないようにした。それを原因にしていくと、平木がいる限り、あるいは私がこの大学を去らない限り、病気が好転しないことになるからである。

何も平木は、その一回だけ恫喝したわけではなかった。私は共同研究室のお菓子代の係でもあり、各教員は月に五百円のお菓子代を納入することになっていたが、二ヶ月くらい滞納している人がいたので、私はその名前を書き出して、払ってください、と書いて貼っておいた。その中には平木の名もあった。しかし何も、誰が滞納しているかは、冷蔵庫の脇に貼ってある紙を見れば分かることで、単なる催促である。しかし平木は、共同研究室で私が座っているところへ来て、

「あれ書いたの、きみ？」

と訊き、私が怯えながら、ええ、と答えると、ドスを利かせた声で、

「何であんなことすんだよ！」

と小さく叫び、

「ボクだけのことじゃないの。教授の先生とかもいるでしょ。ああいうのは書き出さないで、個人的に言うんだよ」

と言った。

すぐにその紙ははがしたが、平木のこの種の恫喝が、結局は個人的なルサンチマンの表出でしかないことがはっきり分かったのは、それから四年ほどたった時のことだった。それにしても、教授はともかく、平木よりあとからこの大学へ来た男の助教授たちは、みながある程度、平木に怯えていた。平木の思考では、年が上であっても、自分よりあとから来た者は、ある意味で目下なのである。軍隊風の考え方だった。だから、年上でも、平木より後から来た人々は恫喝されており、助教授でも、平木より前からいる本村氏は、平木に説教して泣かせたことさえあるという。

その上、その年の打ち上げは、定年退官する尾藤教授を送るもので、この尾藤は、平木が私を恫喝する際、わざわざ平木を呼び出して暗にけしかけたと言われている当人である。その後も、あれこれと私にからんできた。当人としては、いくぶん、若い者へのしごきのつもりもあったろうが、同時に、私を呼ぶことに積極的だった君田教授とは根深い対立関係にあった。英語部会には、君田、尾藤、村沢三教授の派閥があるとされていたが、それほどはっきりした派閥でもないようだった。それでも、尾藤や村沢の動きには、新人を自分の手下にしようとするようなところがあった。

平木のルサンチマンは、まず、平木がT大大学院の出身ながら、学部は別の国立大だったことにあり、出身大学を問われて激怒したこともあったという。そして私が赴任して四年目、かなり精神状態が悪くなっていたらしい平木は、教室会議で人事案件を議論している時に、自分が当初助手として赴任し、二年後講師になるまでに、後から来て講師になったドイツ語の教師がいて苦痛だったと、まるで案件と関係のない憤懣をぶちまけた。主任教授が、

「その当時、平木先生が不快だったということですね」

と、その場を収めるために言うと、

「いえ、今でもです。今でも給料に差がついています」

と答えたのだが、なぜ他人の給料が分かるのか、また分かるとしても、それを調べる心理は異常と言うほかなかった。

採点最終日は、転記という、つけた点数を別の書類に書き写す作業があり、それが終って、その日は同じ場所で英語教室の会議になり、次の年の役職を決めるのだった。教務委員をやると、ほとんど自分の研究などできないくらい忙しくなるので、みなこれを嫌がった。かつてあ

る男性助教授が教務委員にされそうになって、泣きながら断ったという話もある。この助教授も、あとで本人から聞いたところでは、平木から憎まれていて、脅迫状を貰ったことがあったそうだ。だが、年代からいえば当然教務委員になっておかしくない平木は、少なくとも私がいる間は、それをやらなかった。みなが、あいつに教務をやらせたら何が起こるか分からないと思っていたからだ。

会議が終わり、バスでホテルに移動した。人が集まるのを待って、ロビー辺で屯《たむろ》していると、尾藤教授が私を呼んで、

「あのなあ、俺が辞める時に、君田が挨拶しないってのも、変だと思うんだ。だから、君田にそう言ってくれ」

と言った。私は君田教授にそれを伝えた。

「えっ？　私が？」

と君田教授も驚いていたが、あとで適当な挨拶をした。

平木正紀は、どういうわけか上機嫌で、ぱしゃぱしゃ写真を撮っていた。少しあとになって気づいたのだが、平木は、女性がいる席では荒れないのだった。向こうのほうで、秘書の環さんが、時任と嬉しそうに話しているのを見て、おや？　と思った。時任は、ある種の女にはもてそうな雰囲気が、確かにあった。

ようやくパーティが終わり、私は又しても、タクシーで帰ろうなどと言われるのが嫌さに、早々に退散し、そのホテルからすぐの、モノレールの駅へ行ったら、プラットフォームで、英語の外国人教師三人と出くわした。面倒だな、と思ったが、一緒にモノレールで帰途につくと、恐れていた通り、彼らも私と同じに大学の近くに住んでいたので、その最寄駅から、タクシーに乗ることになってしまった。けれど、酒が入って神経が半ば麻痺していたせいか、いざタクシーに乗っても恐怖は感じず、無事に家の近くで降りた。自室へ戻った私は、パーティーのストレスがなくなって治ったのだ、と思い、

「治った！　治った！」

と口に出しながら蒲団に入り、確かにその日は、よく眠れた。

しかし、治ってはいなかった。テレビをつけて、観ていたら又しても恐怖感が襲ってきた。私は、テレビを観ないことにして、何もせずにぼおっと一日を過ごした日もあった。

だが、弱り目に祟り目である。私は、シンガポールで発表した英文論文を、活字にするために直さなければならず、迫水教授から、母校の院生であるカナダ人のクラーク・オルディントンに治してもらうよう言われて、オルディントンに送っていた。この青年は、ちょっと性格に癖のある人物で、そのおよそ三年前、亀井俊介先生が退官するので、その歓送パーティーがあった時、私のスピーチの番が回ってきて、私は、亀井先生が米国のセックス事情などに関心が

あり、ストリップについても書いていたので、

「私もカナダでストリップを見て、比較文化の研究のために日本でも見てみましたが、日本のそれにあるような淫靡さがカナダのストリップにはないなと感じました」

と話した。これはごく一般的な意見で、場の空気はゆるやかに和んだ。ところが、母国をバカにされたとでも思ったのか、クラーク・オルディントンは自分のスピーチの番が来ると、

「先ほど、日本とカナダのストリップのことを言われましたが、そんなことはないと思います」

などと言った。その後私は彼に、カナダのストリップを観たことあるんですか、と訊いたら、いや、ないですと言うから、じゃあ、日本のを観に行きましょう、と言うと、いやいや、と言って逃げていった。

だから、いくぶん気が進まないまま、彼に電話して校閲を頼み、草稿を送ったのだが、それがこの時、返ってきた。中を開いて、付せられた手紙を見た私は、次第に青ざめていった。そこには、慇懃無礼な英文で、「この草稿については相談に乗るけれども、私の個人的な理由によって、今後、あなたからの頼みは引き受けない」「今後のために言っておきますが、人に校閲を頼むときは、切手付返信用封筒を同封するものです」などと書いてあった。確かに、返信用封筒を忘れた、とは思っていたが、どう見てもその文面は、その程度のことでと思えるほど、

怒り狂っていた。私は慌てて、重量がどうなるか不明なので、切手代はあとから送るつもりだった、と書き、切手を同封して手紙を出した。

しかし、校閲のほうも惨憺たるもので、「後半の漱石との比較はあまりにバカバカしいので削ったほうがいい」とあり、しかも、『暗夜行路』から、時任謙作が娼婦の乳房を掴んで「豊年だ！　豊年だ！」と言うところを引用したのだが、そこに英語で「げえっ」と書き込んであった。ここまで来ると異常である。迫水教授はカナダだし、私は、英語圏に長くいた後輩の女性に電話して、どういうことだろうと相談したら、

「それはきっと、何か別のことで苛立っているんだから、あまり騒がないほうがいい」

と言われた。

そして三月も半ばになり、私は実家へ帰ることにしたが、やはり新幹線が怖い。そこで、行き当たりばったりに東へ向かうことにして、ＪＲ関西本線の各駅停車に乗った。乗って、どうするのかは考えていなかった。ところが、私が乗った電車は「同志社前」行きで、京田辺市の駅で終点になってしまった。私は、よく地理関係が分からなかったので、こんな田舎に同志社大学があるのかと思って、後から来る電車を待った。そしてようやく津市に着いた時には夕方になっていた。あとで考えれば、亀山で乗り換えれば名古屋方面へ出たのだが、何しろその時は、新幹線に乗れないし、また、それではどうするかという明確な案もなく、私の脳髄は限界

まで疲れきっていた。

津は、奇妙な市名である。安濃津《あのつ》という呼び名もあるのに、明治初期にその市名をとらず、津などという、伝達しづらい市名を採用して、今日に至っている。私は駅前でホテルガイドを買って、泊まるホテルを探し、電話で予約を入れた。季節は冬だし、津だし、難なくとれた。それから、駅周辺を散策して、見つけた食堂で、昼食夕食兼用のような食事をとって、ぶらついたが、県庁所在地の駅周辺がこんなに物寂しいのかと驚いた。だが、ホテルへ行くべく駅の反対側へ回ると、そちらが繁華街のようだった。

例によってビジネスホテルの、棺桶部屋と言われる小さな部屋だったが、どうやらこの当時、私は自分が生きている日常から離脱できると安心できたらしい。ベッドに寝転んで本を読み、小さな風呂へ入り、ビールを飲んだ。そして、ああ、これが、サラリーマンが帰宅すると風呂に入ってビールを呑む理由なのだなと思った。私はふだん酒は呑まないし、風呂も二日に一度しか入らないので、やはり働くことからくるストレスは、毎日風呂に入ってビールを呑むというような方法で解消したほうがいいのだ、と独り決めした。

翌朝は、津駅前の不二家で朝食としてホットケーキを食べたが、おいしかった。それから電車に乗って、名古屋方面へ向かう。最初は各駅停車だったが、次第に電車に慣れてきたので、桑名から特急に乗ってみた。この時桑名で、乗客の会話から、吉行淳之介が死んだことを知ったのである。座れなかったが、何とか心を静かに保つようにして、神経がぴょん、と跳ね上がるようなこともなく名古屋に着き、そこでさらに意を決してこだまに乗り、夜には新横浜へ着いた。

東京駅まで行かなかったのは、新横浜から少し乗り換えると、実家の辺まで直通の電車に乗れるからだが、この時、二日がかりの帰省に、私は不思議な達成感を抱いた。もう二度と帰れないのではないかと思っていたくらいだったからだ。そしてこれから何度か、私はだいたいこだまで帰東して、新横浜でほっと大きな吐息をつき、大阪弁などほとんど聞こえない電車内で、深々と帰省しえた満足を味わうことになるのだ。

それから後、ひかり号に乗れないという有名人の話を二つ聞いた。一人は放送作家で、戦時中、敵の手に捕らえられて地下壕に閉じ込められたことから閉所恐怖症になり、ひかりに乗れないという。もう一人は有名な僧侶だったが、やはりこだまだという。谷崎を始め、立派に仕事をしている人も、そんな病気にかかるということが、私を勇気づけた。

夜九時を回って自宅に辿りついた私は、その時初めて母に、「自律神経失調症」という言葉で、自分の病気を伝えた。母は驚き、もう何もしないで、ゆっくり休んでいらっしゃい、と言った。

私はその言葉に従い、当分のあいだ、本を読むのをやめにした。目が、あるいは視神経が疲れきっていると思っていたからでもあるが、高校一年の頃から、私は読書三昧に日々を送ってきた。それを、いま休もうとしている。もちろん、何も書かないし、テレビも観ない。翌日、起きると、近くの川へ釣りに行ってみた。私に釣りの趣味はなく、子供のころ、遊び程度にやったことがあるだけだ。弟のほうは、私よりは釣りの趣味があったから、家には釣竿があった。それで、餌を川のほとりの店で買って、川の向こう岸で釣り糸を垂れてみたが、釣れなかった。家へ帰っても、読書も書き物もテレビもないとなると、やることがない。机の前に座って、ぼんやりとタバコを吸うだけである。それでも、大阪にいた頃よりは、大分落ち着いてきた。そのうち、プラモデルを作ることを思いつき、子供の頃、何度か行った、市の中央の小学校のそばにあるプラモデル屋へ行き、ガンダムとザクのプラモデルを買ってきて、色を塗りながらゆっくりと作り始め、それは完成した。

新書判ができあがり、発売日は二十五日に迫っていた。再び、私は不安を感じ始めていた。私は、寄贈者名簿を作って、編集者宛に送っていた。何より、まず気になったのは、室田先生の反応だった。その新書は、いくぶん、フェミニズムの視点が入っていたが、室田教授はフェミニズム嫌いだった。より大きな問題は、その本でどの程度私が認められるかということである。同じシリーズから本を出した吉川さんは、それで一躍スター学者になった。何も、そこまでの成功を望んでいるわけではなく、雑誌から原稿依頼などがあればいいのだ。だが、最初の本が黙殺された経験が、私を怯えさせていた。

　不安の原因はここに明らかだが、依然として私は、ある日突然、運動不足が原因だ、などと母に言い、せっせと歩き回ったりした。実際には、大阪でさんざん散歩をしていたのだから、運動不足ということはなかったのである。

　三月二十日、それはよく晴れた日だったが、私は、今日は歌舞伎座にでも行ってみようかと思いながら起き出した。九時を過ぎていただろう。すると母が、東京の地下鉄で毒ガスが撒かれたのよ、と言い、お父さん、東京へ行ってるんだけど、大丈夫かしら、と言った。その後のことはよく知られている通りで、夕方までには、毒ガスはサリンであると分かり、二日後には山梨県上九一色村のオウム真理教本部へ警察がなだれ込んでいた。

　大阪で地震に遭い、ようやく関東へ逃げてくると、これだ。私の行く先々で事件が起きるような気がした。その後多くの人がそうだったように、とても地下鉄を使って東京へ出る気になどなれなくなった。が、室田先生から電話があって、二十八日に五反田で、出版記念の小さな会をやると言ってきた。むろん承諾して、胸をどきつかせながら出かけたが、室田先生は、

「おもしろかったよ」

と言ってくれたのでとりあえず安心したが、おざなりな気はした。あとは編集者が、中年男性の今井氏と若い女性の高本さん一人で、禁煙の店だったので、私は時々外へ出て吸った。し

かし、売れるだろう、という話にはならなかった。

はじめ室田先生から紹介されたのは今井氏で、途中から実務担当ということで、私と同年輩くらいかと思える高本さんを紹介されたのである。冷静な感じのする美しい人だったが、この少し前に結婚したと聞いていた。室田先生は高本さんとは初対面だったのだが、そのことを聞くと、

「おやおや、お嬢さんかと思っていたのに、残念だね」

と言ったから、高本さんは、

「お嬢さんだったらどうなさるおつもりだったんですか」

と静かな微笑みを浮かべて返していた。

その前年の秋、大江健三郎のノーベル賞受賞があって、世間は騒いでいたが、天皇好きで大江が嫌いな室田教授は、中年の編集者と話しながら、

「大江健三郎なんか持ちあげてるようじゃ、ダメだね」

などと言っていた。その出版社は、若い頃は大江の本を出していたが、その後長く没交渉になっていたので、それでだな、と私は思った。

自分の本を出したあとの不安については、何人もの人が書いている。むろん何冊も出している人ならともかく、最初の頃は、特に不安なもので、一冊目の本が出た時に、どこかへ逃げ出

してしまいたかった、とある人は書いていた。だが、私の場合は、最も恐れたのは、無視されることだった。著書が出ると、書評が気になる。毎週、日曜になると、自家でとっている新聞の書評欄を見て、ないとがっかりし、キヨスクなどへ行って他の新聞も見る。そして、やはりなくてがっかりするのだ。

新刊が店頭に並んで日一日とたち、本を贈呈しておいた人たちからぼつぼつとお礼が届いた。まっさきに手紙をくれたのは一橋大学にいた英文学のT君だった。ありがたかった。当時は、本を出すと、人が何か言ってくれるのが待ち遠しくて仕方がなかったのである。けれど、とうとう何も言ってくれなかった人もあって、私は手帖に彼らの名前を書いて、呪った。そして、私はまた落ち着かなくなり、眠れなくなって、神経がささくれ立ち始めた。四月に入ったある日、私は、行き先も定めず、電車に乗って北へ向かった。

駅前の本屋で、岩井寛という、既に亡くなった人の書いた『森田療法』という新書判を買っていった。私はこの病気の間に、古本屋で、古い森田療法の本も買って読んだが、そこには、大正から昭和三十年くらいまでの森田療法の、絶対臥褥《がじょく》による治療のさまが描いてあり、私は妙に陰惨な気分になったし、そこで描かれる患者の症状は、私のように神経が張り詰めるのとは、だいぶ違うようだった。

私が降り立ったのは、宇都宮の駅だった。そして、駅前の大きなホテルに投宿した。この時は、ホテルから夜になって外へ出られないのではないかという懸念が萌《きざ》していたが、部屋に入ると、私はいくぶん明るい気分になり、実家へ電話して、「いま、釣り天井の町にいる」などと言った。

その晩は、果たして普通に眠れ、翌日、チェックアウトした私は、相変わらず当てもなく町を歩き始めた。すると、映画館で、「ガメラ大怪獣空中決戦」を上映しているのが目についた。私は、映画館へ入るのは怖かった。やはり暗いし、出られないわけではないにしても、閉所恐怖型の神経症では、谷崎も、劇場などへは行けなかったようだ。だが、勇を鼓して中へ入り、なるべく後ろのほうに座った。

子供の頃は、怪獣映画や怪獣もののテレビ番組が大好きだったが、さすがに大人になってからは、復活したゴジラ映画も観ていなかった。だが、この時観たものは、金子修介による、怪獣映画史上の最高傑作とも言うべきものだった。そのことと、映画館で最後まで映画が観られたこととの感動で、外へ出ると涙が溢れてきた。人に見られないよう、うつむいて、その周辺をぐるりと歩いた。平岩さんに電話して、映画が観られました、と報告しようかと思ったほどだった。

しかし、その後どうするか。私は、鬼怒川《きぬがわ》温泉へ行ってもう一泊することにした。大阪へ帰る日は近づいていた。東武宇都宮駅から新栃木まで戻り、また各駅停車で鬼怒川温泉駅へ向かい、到着した時は夕方になっていた。ここは、もう栃木県の北部になる。東武線本線の北の果てである。私は駅構内の観光案内所へ行って、泊まれる宿を教えてもらった。そして、歩いてその宿へ向かった。

そこはいわゆる観光旅館で、あまり一人で泊まる客はいないようだったが、部屋へ案内されると、すぐに仲居がきて、夕飯は何時にしますか、と問う。私が、七時とか八時とか言うと、仲居は、えっ、そんな遅くはできません、遅くても六時です、と言う。私は、観光旅館の夕食が早いのを知らなかったので、何かごちょごちょと言い合いをして、じゃあ六時にしてくださいと言った。

その後、お茶を持ってきたその仲居は、何やら説教でもするように、どこの旅館でも、夕飯は六時で最後です云々と言った。私の身なりは、普段着のままの、セーターの上にジャンパーを羽織った姿だったし、私は童顔だったから、たぶん奇妙な客に見えていただろう。私は座布団を丸めると、横になって休んだ。時刻が来て届いた夕食の量の多さには驚いたが、もともとこういう旅館では、一人の泊り客などあまり想定していないのだろう。半分くらい食べた。

それでも私は、怖くなった時のことを考えて、この窓からなら外へ出られるだろうか、などと考えていた。風呂へ入りに行くと、ほかにほとんど客がいなかったので、ちょっと泳いでみたりした。閉所恐怖症の人間は、泳ぎや水は概して苦手である。仲居が早々に蒲団を敷きに来た。私はテレビをつけた。すると、ドミノ倒しの大会の模様を放送していた。若者のグループが世界記録に挑戦するのだ。

見ていても神経が痛むような情景だった。ドミノを並べている最中にも、僅かに手が触れただけでドミノが次々と倒れて、一からやり直しである。途中で嫌になってグループを抜ける者、泣き出す女の子の姿などが映しだされた。単にドミノを並べるだけではなく、途中にさまざまに仕掛けを凝らす。恐らく、資金はテレビ局から出ているのだろう。そしていよいよ本番となり、ドミノは仕掛けをくぐりぬけて美しく倒れてゆく。だが遂に、途中で一枚のドミノが引っかかり、そこで止まってしまう。若者たちは、半泣きになりながら、止まったドミノに向かって、「動け！　動け！」「動いて！」と叫ぶ。そんな番組だった。

翌日、私は、東武ワールドスクエアと日光江戸村を見に出かけた。世界各地の建物をミニチュアで再現したもので、宣伝で見ていた時はバカにしていたが、いずれの建物もかなりの大きさで、精密に作られており、感心した。ぼんやりした不安に苛《さいな》まれながら、日曜だったので、多くの家族連れに混じって凱旋門やノートルダム寺院のミニチュアを見ながら、私はもしかするとこの先も飛行機に乗ることはできず、こうしたヨーロッパ文化の実物を目にすることはできないのだ、と考えつつ、誰とも分かち合うことの出来ない不安に閉じ込められた孤独のなかで、私は心中で泣いていた。

日光江戸村で、大型の迷路に入ったときは少し怖かったが、夕方、私は帰途についた。その際、あえて急行に乗ってみた。だが、電車が長いトンネルに入り、真っ暗ななかを延々と走り続けているうち、ふわっと恐怖に取りつかれた。いったん立ち上がり、また座り、電車がトンネルを抜けて駅に着くのを必死の思いで待ち、プラットフォームへ降りた。

来るときも、同じトンネルを抜けたはずであり、その時は何ともなかった。これから実家へ帰れば、もう大阪へは二、三日中に戻らなければならない。それが、恐らく私の病気を増幅させているのだ。どうしたらいいのか。私には、新刊書に対して、同僚らがどんな風に思うか気になった。

実家へたどり着いたのは、もう十時近かった。夕飯を食べて、自室へ入ったとたん、ぱっと恐怖が襲ってきた。薬屋で買った精神安定剤を飲んだが、この程度の弱い薬は、もう効かなかった。それでもむりやり蒲団にもぐりこむと、明日、大阪へ帰ることにした。こうしてぐずぐずしていても、恐怖は募るばかりだから、突入してしまおうと思ったのである。

そして翌日、東京駅からこだまに乗った。缶ビールを買ってそれを呑み、不安を和らげながらのことだった。こだまは、十分か十五分で次の駅に着くから、それくらいなら何とか耐えられた。熱海—三島間は、中でも、十分もかからないほどで、いつもここに差し掛かると、妙な安心感を覚えたものだ。新富士の駅に列車が止まっている時、天気がいいと、右手に富士山が見えた。さすがは富士山である。そのみごとな左右対照の姿は、しばしば私の心を癒し、曇りでその姿が見えない時は、がっかりしたものだ。

だが、それまで気づかなかったが、列車が名古屋から、岐阜羽島を経て、米原を出たあと、それがなかなか次の駅に止まらないことに気づき、青ざめて、ポケット時刻表を取り出して見ると、こだまでも、米原から京都までは、三十分近く停車しないのである。ひどい恐怖が襲ってきて、じっと堪えるしかなかった。

ようやく、自室にたどり着いた。同僚にはすでに郵便で著書は献呈していた。どんな反応が返ってくるだろうか。勤めはじめて一年の若造が、生意気だ、と思われはしないか、また世間から黙殺されはしないか、不安の種は尽きなかった。それから三日間、まったく眠れなかった。その間も、教務の仕事があって大学へは行っていたが、二日目には、薬屋へ行って、眠れないのでと言って薬を買ってきたが、効かなかった。三日目には、朝から大学へ出かけたが、

「藤井さん、目がはれぼったいですね」

と言われた。その日、とうとう意を決して、踏切を渡った商店街の、さらに奥のほうに「貝田神経科」という、古ぼけた小さな医者があった、そこへ行った。初めて訪れる、田舎の医院という感じの神経科は、不気味だった。全体は木造で、待合室には、いかにも精神を病んだ感じの人たちが待っていた。ああ、自分はとうとうこういう人たちの一人になってしまったの

か、と思った。

呼ばれて診察室へ入ると、映画に出てくるマッド・サイエンティストのような、やや不気味な老人の医師が、やはり木造の古ぼけた診察室にいた。背後の机には、昭和三十年頃のものではないかと思われる精神医学関係の図書が並んでいた。私は、ここで、電車恐怖症やらパニック発作のことまで話したくないと思ったから、著書を出したところで、その世評が気になって眠れない、とだけ話した。その老医師はそれを聞いて、

「あんたな、世評が気になる、言うけどな、大阪には、へんねし、言うてな、人がうまく行ったら、えらい妬まれんねんで。あんたの本が高う評価されたりしたら、大変やで。あんたがプロフェッサーなら、ええで。けどあんた、講師やろ」

などと言った。こういう言葉は、徒らに私の不安を増幅させた。何しろ既に例の同僚から嫉妬ゆえの恫喝を受けているのだ。困った医者である。後に私は、精神科の医師にも、この種の、まったく患者の不安を取り除くことを知らない医者が少なくないことを知る。結局、ここでは、睡眠導入剤のハルシオンと、気持を安定させる薬だと言って、紙の袋に入った、甘い味のする散薬を貰った。

帰宅して、夜になるのを待ち、恐る恐るハルシオンを呑むと、蒲団に入った。ほどなく、頭のどこかが、がくん、とした。続けてもう一度、がくんとしたかと思うと、私は眠っていた。

心のなかで何と思っているかは知らないが、同僚は皆優しかった。非常勤で来ている女性のI先生は、

「いやー面白かったわ。早く次の本読ませて」

と言ってくれ、T先生は雑誌に書評を書いて、

「久しぶりに面白い日本文化論を読んだ」

と書いてくれた。毎日新聞の女性記者で、後に歌人として名をあげるMさんは、読んで面白がり、わざわざ大阪まで来てくれて、当時はやっていた映画「フォレスト・ガンプ」について意見を言わせてくれた。増刷もすぐに決まった。しかし、五月の末ごろまで日曜日を待って各新聞を調べたが、大新聞に書評は出なかった。


だが、意外にも、前から知っている、身近なひとびとから口頭で冷評を受けた。「生意気な本だ」とか「つまらない」とか言われた。批判になっていないだけにつらかった。逆に、それ以上を望むのは贅沢だ、と、何人もの人から言われた。だがその頃、私の先輩や後輩には、本を出せば大新聞で絶賛されたり、賞をもらったり、雑誌や新聞に連載を持ったりしている人が何人かいた。しかし私にはこの本を読んで原稿を依頼してくる編集者も、本を書いてくれと言ってくる人もいなかった。主観的には私は不遇だった。

四月に、私は近所で自転車を買った。一年も買わずにいたことが不思議だが、これで、以前

より自由に近所を移動できるようになった。五月の連休の時は、私はまだ書評を気にしていて、気分を紛らわすために、大学祭が行われている大学へ出かけ、落研などを少し覗いてから、ドイツ語科の研究室へ行って、斎藤さんという感じのいい秘書の女性とおしゃべりした。だが別の日には、苛立ちのあまり、自転車で、未だかつてないほど遠方まで遠乗りをした。一度、近所で朝原さんに出くわし、駅前の喫茶店でお茶を飲んだ。

五月も二十日過ぎ、国際文化研究所の初代所長だった梅原猛が、所長を退任する記念講演をするというので、私も聴きに行った。大きな講堂へ入っていくと、黒澤みづきさんに会った。座席がもう一杯だったので、後ろのほうの階段通路に、黒澤さんと座った。梅原は元気一杯で、「司馬遼太郎も大江健三郎も小説を書かないというなら、私が書きます！」と言って喝采を浴びていた。その前年、ノーベル文学賞を受賞した大江は、もう小説は書かない、とその頃言っていた。私は黒澤さんに「偉い人は言いたいことが言えていいですねえ」と言ったら、黒澤さんは「ほんと」と言って大きく頷いた。もっとも、私は梅原の若い頃の苦悩や、四十過ぎてようやく芽が出た苦労人であることを知っていたし、こういう部分を含めて、梅原猛は嫌いではなかった。その帰り、門のあたりを歩いていると、菊池教授の乗ったタクシーが通りかかり、車内から私を認めた教授が手を上げた。それは、概して鷹揚な教授の、何ということもないしぐさだったろうが、私は、それを嬉しく思い、深く記憶に留めた。

六月には、大阪の南のほうにあるT学院大学で学会が開かれた。私はその最寄り駅まで行き、学生用のマイクロバスを避けて、徒歩で大学へ向かった。ずいぶん田舎にある大学だなあ、と思った。作家の後藤明生《めいせい》が講演をしていたが、途中で脈絡がめちゃくちゃになり、終わった時は、みな高名な作家で今は私大の学芸部長をしているこの人に遠慮して、当たり障りのない質問をする人もいたが、白けた雰囲気がそこはかとなく漂っていた。この時のことをのちに後藤は小説にして、カセットテープに録音しておいたはずだが、それがなくなってしまった、などと後藤流にとぼけて書いていたが、学会の講演として見れば、ひどい講演を聴かされた、というに尽きた。

一日目のプログラムが終って、懇親会が、やや離れた、電車に乗っていくほどの町のホテルで開かれることになっていたので、出かけた。ところが、途中で、室田先生の娘で、私の後輩に当たり、大阪へ来る前は同じ短大で非常勤をしていた室田恭子さんに会ってしまい、私は急行に乗るはめになった。恭子さんは心安い相手だったので、車中で、実は、急行が怖いんだと言うと、

「ええー、どうしちゃったのー」

などと言っていた。

会場はそんなに広くない室で、江藤淳がいた。私は、漱石の本も当然江藤に送っていたが、読んではいないらしく、題名について「夏目漱石」より「漱石」で良かったのではないか、といった葉書をいただいていた。その頃江藤は慶応大で教えていて、そこの学生数人と、当時在野の文藝評論家だった福田和也が、江藤と行を共にしていた。学生たちは、私を知っていて少し話をしたが、肝心の江藤に話しかけようとしたら、何やら巧妙にかわされてしまった。

私が、著書に関して冷たいあしらいを受けたのは、もっぱらこの学会の時だった。

軽い眩暈が、ずっと続いていた。私は、最寄り駅の石橋の商店街の薬局へ行って、「奥田脳神経薬」という、大きな瓶詰めの錠剤を買ってきて呑んでみたが、そんな売り薬が効果を持つ段階ではなかった。貝田医院で貰った甘い味の散薬は、電車などに乗る必要が生じた時に呑んでいたが、これも、弱い薬だった。

いったい、何度この道を通って夜中に散歩しただろうかと思われるルートがある。マンションを出て交差点を左折して箕面方面へ向かう道へ出てしばらく行くと、阪急箕面線の踏切があり、そこを渡る。すると住宅街へ出るのだが、そのまま左折して、高速道路の下の道をずっと行くのだ。途中には小さな公園があって、よくここで小用を足した。たいていは夜中の一時過ぎだったし、ほとんど人が通ることはなかった。小さな橋を渡って少し行くと、大通りに出る。しかしそこも、居酒屋やカラオケ店が立ち並ぶ、うらぶれた町で、そこを左へ折れて、まっすぐ歩いていくと、マンションの前へ戻るのだった。私は夜半、何度も何度もこのルートを通って、気を散じさせようとしたものだ。

本を上梓した以上、次の仕事にとりかかるべき時だった。だが、半年たって、いまだに坂本教授は、博士論文の草稿を読んでくれる気配はない。私は堪りかねて、その一部を短篇論文にまとめて、研究室で出している雑誌に載せてくれないかと教授に電話で話した。「じゃあ、明日、編集会議があるから、話してみる」と言ってくれたので、翌日の夜、また電話すると「それはすっかり忘れていたぞ」と言うのだった。

ありていに言えば、私の出身研究室は、女性に、特にきれいな女性に甘かった。私が最初の本を出せたのは菊池教授の推薦だったが、当時、若村蛍子さんが博士論文を本にして、フランス日本文化賞と丸川学藝賞をダブル受賞しており、菊池、坂本教授など、そちらに夢中、という様子だった。結局、私がまとめた論文は二百枚に達するものだったため、雑誌には載らないことになったが、この時は、雑誌に載せたいというより、坂本教授が読んでくれないので代替案として提案しただけだったから、読んでくれれば済む話なのである。教授が、研究室主任で極めて多忙なのは分かったが、大学側としては、当時も今も、課程博士を出して業績を作りたいはずであり、課程博士は、博士課程中退後三年以内に出さなければならない。既に私は二年目に入っている。半年の間に、一枚も読む時間がないなどということは考えられない。

酒を呑むとストレス解消になると思った私は、ウィスキーを買ってきて、毎日呑むようになった。六月から七月にかけて、私は、不安に代わって奇妙なイライラに捉えられ始めた。それが通常のイライラではなく、発作のように襲ってきて、どうしようもないイライラなのである。夕方、どうにもイライラが収まらず、自室にじっとしていることができずに、自転車で箕面の方まで出かけたり、深夜、やはり自転車で別の方向を走り回ったりした。既に夏に入っていたから、汗を掻きつつ、それが夜気によって乾いていった。それは爽快なはずだったが、私の頭は相変わらず、ぼうっとしていた。これも、発作のように、どうしようもなくイライラし始めるのである。これは、不安発作よりは楽だったが、日本の夏のじめじめした気候の中で、このイライラは堪えた。蒲団に入って寝ようとしている時にイライラし始めたりすると、寝たまま激しく貧乏ゆすりをして、それが過ぎ去るのを待つのだった。もっとも、不安からイライラへ移行し、このまま病状が鎮まっていくのではないかという期待もあった。

ある夜など、夜十時ころになってイライラが始まり、これはお腹が空いているからではないかと思い、外へ出て、コンビニで食べ物を買って、むしゃむしゃ食べながら歩き、それでもイライラするからさらに買って食べ、というありさまで、しまいに、空腹とは関係ないようだと気づく、ということもあった。時には夜中から翌日の昼までイライラし続けていたこともあった。

大学の授業も何とかこなしていたが、食は細り、まともなことは何一つできなかった。自分の才能に絶望し、悪夢にうなされ、学者稼業を呪った。夕暮れが迫ると強い不安に襲われるようになったのもこのころだろう。電車に乗れるようになろうと、訳もなく乗ってみたりもした。

そんな生活で、ずいぶん痩せた。皮肉なことだが、発作のために外へ飛び出して散歩をするということを繰り返していたおかげで、当時の私は、足腰は強かった。とにかく、博士論文が先へ進んでいないことが、苛立ちの一つの原因でもあったが、二冊目の本を出して、なおかつ、雑誌などからの注文原稿がないことが、失意をもたらしていた。そして、その状況を打開するためには、博士号を取得して、それを本にして再び世に問うしかないのだ。だが、坂本教授から、読んだという報せはなかった。

七月の末、実家に帰った。今度は、米原まで各駅停車で行き、そこからこだまに乗ることにした。ところが、米原駅まで着いた時、新幹線の切符を買うだけの金を持っていないことに気づいた。私は、米原駅前の喫茶店で昼食をとった。そしてこの店は、それから何度か、利用することになる。それから、銀行がないかと思って歩いたが、当時は、コンビニでATMが使えるようにはなっていなかったし、第一、米原駅といっても、いくつか出口があるのかもしれないが、私が出た口には、都市銀行など一軒もなかった。窮した私は、彦根まで戻ることにした。だが、彦根駅前でも、当日が土曜だったせいもあり、開いている銀行は容易に見つからず、当時は土曜日だと銀行のＡＴＭもなかなか使えなかった。大通りを歩いて、ようやく、地方銀行のＡＴＭを見つけて金を引き出した。彦根駅へとって返した時は、頭は朦朧としていた。けれど、おかげで実家へは帰れた。母は「痩せたねえ」と心配そうに言った。

実家で休みをとれば、良くなるかもしれないと思っていたが、良くなるどころか、夜が近づくとぎゅうっと不安に襲われるようになり、昼間もぼんやりとした不安が胸のあたりにしこっているようで、次第に鬱状態に落ち込んでゆき、あらゆる物事に興味を失っていった。暑い夏だった。世間はオウム事件で騒いでいた。私は毎日をぼんやりと、昼間は居間で高校野球が流れているのを見たりして過ごし、夕方になると不安に襲われてビールを飲み、夜の闇に怯えた。廃人同然だった。

五月ころ、大阪で、レンタルビデオで映画「無能の人」を観て、主人公の漫画家が、何もすることがなく、河原で石ころを売っているさまを見て、あとになって、あれで、よく不安神経症にならないもんだな、と思った。だがこの夏、つげ義春によるその原作を読んだら、巻末の著者インタビューに、やはり、不安神経症だと書いてあり、最後に、この時代に生きていて、どうして病まずにいられるのか分からない、と書いてあった。私も、そうだな、と思ったが、現に病んでいない人がいる以上、そうも言ってはいられない。

母に勧められて整体医にも通ってみた。それは南隣の駅のそばにあり、整体医は、両方の脚の長さが違う、と言って、ぎしぎしと身体をほぐした。首がかなり凝っているとも言われた。家へ帰って、首が硬く凝っているって、と言うと、父が、うるさそうに、

「そうだろう」

と言った。父は、自分の家族の厄介ごとを、正面から受け止めることのできない人だった。だから、私の病気が首の凝りのせいだと思いたかったのだ。しかし、これまでの経緯を見てもそんなはずはなく、結局、二度ほど通った整体も、何の効果もなかった。両脚の長さが違うというのは、この種の整体医の決まり文句である。

漢方の薬でも呑んでみようかと思い、近所に漢方薬の店があったので行ってみたが、店の前まで行って、宣伝の貼り紙を見ているうちに、どうにも効果があるように思えず、帰ってきた。長い長い散歩の果て、新しい研究課題を思いつくこともなく、夜更けに自宅へ帰ってきたのは、その頃のことである。

八月の半ば、お盆で、弟が帰ってきた。私は嬉しくなり、夜半、隣の弟の部屋で、何かと話をした。翌日の朝、起きると、弟は川へ釣りに行っているというので、私も相伴に与るべく、出かけていって、弟の脇で釣り糸を垂れた。二人はおおよそ黙って、座っていた。夏の日はかんかんと照りつけ、あまり魚は釣れなかった。翌日も釣り糸を垂れた。その日もあまり釣れ

ず、昼間は暑くて釣れないから、夜釣ろうという話になり、私は釣具屋へ行って、光るリチウム浮きを買ってきた。だが、三日目の昼近くに起きると、もう弟は関西へ帰ってしまっており、がっかりした。

暦の上ではもう秋になっていたが、むろん、八月半ば過ぎの気候は、熱が淀みを帯びて周辺の空気を満たしているようで、私の精神状態は、それに応じて、さらに朦朧とし、淀んでいった。何ということもない一日の夕方、陽が沈み始めたのを居間から西の空に見た私は、またしても、茫漠とした不安が胸にこみあげてきて、電車に乗る訓練をしに駅へ向かい、北の方へ二駅か三駅乗ってから、帰宅した。ただ、それが何になるのか、もう分からなかった。

生きていることの意味が分からなくなる、というような高尚なものではなかった。もし春に出た本のおかげで、原稿依頼などがあれば、こんな状態にならなかっただろうという、極めて世俗的なレベルでの苦悩だった。失業して鬱病になり、精神科へ来た患者が、薬を処方しようとする医師に、「先生、薬はいいから、仕事を下さい」と訴える、そんな話だ。

もう病院へ行くしかない、と思い、電話帳で近所の精神科を調べると、東の方に一件あったので、自転車で様子を見に出かけた。田園地帯などと優雅な呼び方のできるわけではない、何の風情もない田圃の畦道を走っていくと、周囲を高い木々に囲まれた、その病院の裏口が見えた。その雰囲気はあまりに陰鬱だったので、私は正面玄関に回る勇気もなく、家へ帰ってきた。

た。そして母に、そこへ行こうかと思う、と話すと、春以来の息子の異常に心を痛めていた母は、暗い顔で、

「あそこ、気違い病院よ」

と言った。

十九日に、南のほうの繁華街で、恒例の阿波踊り大会があり、夜が来ると両親はそれに出かけて行った。次第に暗くなっていく中、私は一人で家にいることに恐怖を感じ始め、自転車に飛び乗ると、祭りが行われている繁華街へ向って走り出した。それでどうにかなるものではなかったが、自転車に乗っていると不安や恐怖が微かに紛れるのである。繁華街がいささか賑わいに欠けるところがあったのは、サリン事件の後だったからだろうか。むろん、両親が見つかるわけもなく、私はまだ開いていた大きな書店で、新潮文庫の『痴人の愛』を買ってきた。以前読んだ時は、家にあった改造社の古い円本で読んだため、伏字だらけだったせいもある。帰宅すると、ちょうどスピルバーグ監督、デニス・ウィーヴァー主演の「激突!」をテレビでやっていたので、私は居間のテレビでそれを観て、その時間を凌いだ。

その頃の私は、本を読む意欲も失っていた。もともと読書好きであるのは確かだったが、春ごろから、何を読めばいいのか分からなくなったり、読もうとしても鬱状態に近くて読めないといったことのある一方、突如として、ある本をすぐに読まなければならないという強迫観念

にとらえられて、目の痛みをこらえつつ、とりつかれたように読む、といった状態になっていた。博士論文を執筆中ということになっているのだから、関係するものを読む、ないしは改めて精読するといったことがあってもいいはずなのに、怖くてできなかった。そしてその夏は、『強迫パーソナリティ』といった、自分の病気にかかわる本を、ちらちら眺めるだけだったのである。

もう八月も二十日を四日ほど過ぎていた。私は、以前神経症にかかって医者に通っていたことがある友人に電話して、いい医者を聞いた。彼は、都内の大学病院をいくつか挙げたが、結局、東大病院に行くことにして、電話して予約を取った。朝十時ころだったが、平日なので、普通に行ったのではラッシュ時に重なってしまう。それにはとうてい耐えられないので、早朝から出掛けることにした。本郷までは一時間半ほどかかるが、当時の私にはそれすらしんどかった。それでも、通い慣れたキャンパスへ出かけるのだから、他の病院へ行くよりはよほど気が楽だった。

本郷の構内へ着いて、予約の時間まで、次第に暑さが増してくるなか、四阿《あずまや》に座り込んで、自分はどうなってしまったのだろう、とぼんやり考えていた。東大病院の建物の全容はよく分からないが、そもそも東大の本郷構内自体が、奥に何があるのか分からないくらいの広がりと古さを持っており、病院は、中でも、『ドグラ・マグラ』の舞台でもありそうな、古ぼけ

て鬱然とした建築物だったが、診察棟は、さすがに新しかった。私の話を聞いた医師は、原因は博士論文ではないか、と示唆し、

「これを治療するには、薬です」

と言った。この言葉に、私はほっとした。

むろん私は、フロイトの精神分析を知っていたし、これまで森田療法についても本を読んでいたが、そうした精神療法は、どうやら役に立たないらしい、と気づき始めていたからである。その後次第に、現在の精神科医は薬を処方するのが一般的で、しかも精神分析はもはや科学ではないし、治療の役にもたたないとされていることを知ったのだが、文学研究者の世界では、それはまったく常識化されてはいなかった。

医師は、マイナートランキライザー（抗不安剤）と抗鬱剤を処方してくれた。マイナートランキライザーは、すばらしい効き目を示す、という話を読んだことがあったので、希望に満ちて家に帰り、早速呑んだが、すぐにはさしたる効き目はなかった。だが、本人が気づかないうちに、少しずつ、精神は上向きになっていった。

九月に入り、またこだまに乗って大阪に帰った。もう車内で、こちたき本は読みたくなかったから、堀田あけみの『あなたなんか』という恋愛小説の文庫本を読んでいた。その時、列車が静岡駅の直前の、トンネルを抜けたところで、少し停止してしまった。トンネルを抜けてい

て良かったと思うと同時に、以前なら、停止しただけでパニックになっただろうと思い、病状が好転しているのが分かった。

やはり米原で降りて、各駅停車で帰った。しばらく大阪の住まいを留守にすると、郵便受けにたくさんのものが溜まっている。新聞は止めているのだが、あまりに止めている期間が長いと、新聞店が途中から入れてしまうのだ。夜遅く、マンションの玄関の郵便受けのところに座り込んで、そのたくさんの紙から、チラシなどをより分けてゴミ箱に捨て、残った郵便物と新聞を旅行用の大きなカバンに入れて、自室へ上がっていくのだった。久しく不在だった部屋は、天井が低く感じられた。私はお茶が好きで、急須で淹れてしょっちゅう呑んでいたが、この時、お茶の葉を処分せずに帰省してしまったので、中の葉がどろどろに腐って、洗ったあと煮沸《しゃふつ》消毒しなければならなかった。けれどこんな時、お茶を淹れて、これを飲みながら、机の上で、半月分ほど溜まった新聞に目を通して、訃報や重要な記事を切り取って、スクラップブックに貼り付けたりするのだった。この作業は二時間くらいかかったが、不思議と、それは私の至福の時だった。ただし、ずっと後になるまで、実は、実家にいることを苦痛に感じていたのだと、気づくことがなかった。

八月末に教授会があったのだが、私は英語部会の主任に電話して、体調が悪く欠席すると伝えておいた。大阪へ帰ったばかりのある日、マンションを出て大学のほうへ歩き始めたら、向

こうから朝原今日子さんが来て私を見つけ、

「どうしたのーっ?」

と言いながら小走りに寄ってきた。ええ、ちょっと具合が悪くて、と言った。

九月になり、気候が過ごしやすくなると同時に、じわじわと、薬が効き目を現してきて、その時はそれほどとは思わなかったが、精神状態は、はっきりと上向きになってきた。十日ほどしてから、もう一度東京へ帰って東大病院へ行ったが、こだまによって、日常的に往復ができるようになった。梅田から南へ下ったところにある映画館で、坂東玉三郎の映画「天守物語」を観てきた。夏休み中には、映画など観に行く気にもなれなかったのに。

それからすぐ、博士論文の最後に近い章を書き、坂本教授に送って電話を掛け、なるべく早く読んでくれるよう頼んだ。そして、遠慮会釈なく、毎月、定期的に坂本教授に電話して、読んでくれるよう催促することにした。薬は、東大病院からの紹介状を貰って、隣の駅前にある児玉クリニックというところで貰った。ここの医師は、ひげもじゃで頭がつるつるの、逆さ絵のような顔の、おもしろい先生だった。かつて、大学医学部を追い出されるように飛び出した人らしく、患者を明るい気分にさせる話術の持ち主で、それから四年ほど、この先生にはお世話になった。

その頃、どういうきっかけからだったか、テレビの『イタリア語講座』を見るようになっていた。NHKの語学講座は、中学生のころ、英語はもとより、ラジオの中国語講座まで聴いていたが、既に昔とはすっかり様変わりして、朝岡直芽という、子供の頃イタリアで過ごしたらしい若い女性が司会で、先生は脇役のようにして出てくるという、娯楽番組風の作りになっていた。レギュラーとして、アダ・マウロやジローラモ・パンツェッタ、ダリオ・ポニッスィなど、その後日本で有名になる錚々たるメンバーで、番組も楽しかった。大学院へ入った頃は、オペラ研究も志していたので、室田教授のイタリア語の授業に出たのだが、結局、ものにならなかった。この時は、もっぱら直芽ちゃんが目当てで、テキストを買ってきて、よく観ていた。

その十月から、私は不思議にも、吉川さんとつきあうことになった。私は吉川さんに、女性としても、学者としても憧れていた。課程博士号をとることにこだわったのも、売れないことに苦しんだのも、吉川さんが既に博士号をとっていて、売れっ子だったからである。だが、吉川さんとつきあい始めた私は、のちに朝原さんが言うところによると「有頂天」だったそうだ。

二冊目の本を出した成果としての執筆依頼なども現れず、またしても、迫水教授が中心となった学会での発表と、それに伴う論文集に出す論文を書いていたが、今まで書いた中でいちばん出来の悪い、投げやりなものが出来上がった。渇望していた、一般雑誌からの原稿依頼は、ただ一つ、C書房がその頃創刊して、五号で潰れた雑誌からあっただけだった。それでも、低空飛行ながら、夏休みとそれ以前よりは、快適な日々になっていた。

十一月に、丸川学藝賞の授賞式への招待状が来ていたので、私は実家に戻って、東京での授賞式に出るつもりだった。招待状は、恐らく、その年受賞した、一つ先輩ながら、年齢は一回り上の、中国から来た呉さんによるものだった。実際には、私は、自分が取りたい気持ちがあった。この頃から、選考委員である菊池教授の同僚や弟子たちが、毎年のようにこの賞をとっていた。

その年は、呉さんのほかに、前年受賞した若村蛍子さんの妹の桃子さんが、最年少で受賞していた。桃子さんは、けれど大学も専門も別だった。会場には、蛍子さんはもとより、ご両親も来ていて、姉妹揃っての若くしての受賞に華やいでいた。受賞者席に座っている呉さんに祝辞を述べた。室田先生もいて、少し言葉を交わした。

受賞者の挨拶の中で、奥本大三郎が、賞を取ったのはありがたいが、だからといって別に売れていなくて、とぼやくように言っていたのが、何か小気味よく感じられた。

けれど、無名学者の私は、パーティではいつもそうなるように、いつしか話し相手もなく、孤立していた。そうして私は、一人でとぼとぼと帰路についた。けれどその時、大阪へ帰るのに、あえて飛行機に乗ってみた。医者で貰った精神安定剤を齧りながらだったが、何とか飛行機に乗れるようになろうと思っていたのだ。吉川さんも、私が飛行機に乗ったことについて、励ましてくれた。それを力にそれからも、年末年始の帰省は、飛行機を使った。

しかし次第に、目の当たりに、吉川さんへの、著名出版社から出る論文集や、大新聞の連載エッセイなどの華麗な原稿依頼を見ていて、私は苦しくなってきた。そして二月、大新聞の夕刊一面に、彼女を写真入りで紹介する記事を見つけて、私の病気は悪化していったのである。

一月中旬のある夜、寝ようとして蒲団に入った私は、「あ、来た」と思った。イライラの発作である。しまった、と思ったが、来たものは仕方がない。博士論文提出の期限はあと一年に迫っていたが、坂本先生はまだ読んでくれていなかった。

イライラは、二月に入って次第に募って行った。三月初め、入試の採点が終って実家に戻ったときは、居間に入って座るなり、ああ、これはいかん、と思った。三月半ばには、私は夏目漱石のセミナー講師として、八王子のセミナーハウスへ行くことになっていたから、それで緊張しているのかと思った。それは、小森陽一、石原千秋という、当時の若手の漱石研究者として名声赫々たる二人組と、G大学のT先生と、私の四人だったから、名誉な仕事ではあった。さらに、女性作家で、やはり有名な経済学者の夫人のMさんもゲストとして来ていた。二泊のセミナーで、全体会議や、集まった学生が個別に選んだ教師との個別指導が組み合わさっており、私のところへは二人の女子学生が来ただけで、あらかたは小森、石原両氏が目当てだった。おかしかったのは、会議室の入り口あたりで、一人の男子学生が、「フェミニストなんてのは、吠えてるだけだ」と小森相手に言っているのを小耳に挟んだことで、当時、小森はまだフェミニストだと思われていなかったようだ。

一日目が終って、講師たちが一室に集まり、館長の老婦人と、コーディネーターのU先生とで、一室で懇談した。小森は、

「もう、国際文化研究所なんてのは、T大国際文化の出張所みたいなもんだよ。丸川学藝賞だって、菊池さんの弟子ばっかでしょ」

と言い、私が、でも私は貰ってませんよと言うと、

「えっ、そう。てっきり、ノミネートされてるんだと思ってた」

などと言っていた。

小森がT大へ来るときは、左翼嫌いの室田先生が猛烈に反対し、教授会で、小森の論文は盗作だと演説をする、と言ったのを、坂本教授らが必死で止めたという。若い学者も、こういう、年長の学者間の対立やら、意外な仲の良さやらに巻き込まれているうちに、自分の人格まで歪んでしまうのだな、とあとで思った。小森―室田などは、分かりやすい政治的対立だからいいが、単純な縄張り争いとか、室田―大村のような同族嫌悪と来ると、もう対処のしようがない。

だが、その仕事が終って実家に帰ってから、よくなるどころか、病状は雪だるまが転げるように悪化し、かつてないほどひどい状態になってしまったのである。何も手に付かず、私は、

自室の机の前に座って、ただ苛々しながら煙草を吸うようになっていた。セミナーハウスでの仕事から一週間たって、今度は出身研究室の恒例の合宿が同じ場所で開かれていた。私は、ぼろぼろの状態でそこへ行き、坂本教授に、お願いだから論文を読んでくれと懇願したが、教授は、顔の腫れを指さして、「ほら、過労だよ」などと言っていた。

絶望した私は、そのあと、かつてないほどの激しい不安に恒常的に襲われるようになった。風呂に入るのも恐ろしく、入るとたちまち怖くなって飛び出した。母は最初、

「何よ、まるでカラスの行水じゃない」

などと笑っていたが、病気のせいだと分かると、笑ってもいられなくなった。眠ることもできなくなり、薬も効かなくなり、次々と呑んだため、貰っていた薬自体が切れてしまった。このまま気が狂うのではないかと思った。もはや森田療法など何の役にも立たなかった。

トランプの七並べというゲームがある。あれで、止めるという技がある。ある列のある札を出さずに置くことによって、他の参加者を妨害するものだ。当時の私は、坂本教授のところにある博士論文の草稿が、その、止められた札だった。事情がよく分かっていない両親は、

「本にしてくれるって（平岩さんが）言ってるんだったら、先に本にしちゃえばいいじゃない」

などと言うので、私は頭を振って、違う違う、本にしたら博士号請求ができないんだ、と叫

ぶように言った。確かに菊池教授は、本にしてから博士号申請をしたし、その後、そういうことをした人もいたが、そもそも誰にも見てもらわずに刊行した本を博士論文になどできない。

予約をして東大病院へ行くだけの余裕がなかったので、近所の内科医へ行って、軽い精神安定剤を貰ったが、医師は、私の様子を見て、心底心配そうに、ちゃんと東大病院へ行ったほうがいいよ、と言った。その内科医では、その軽い薬しかなく、当然、それはまったく効かなかった。

何もかもさらけ出してしまえば楽になるのではないかと思った私は、吉川さんのことを母に話した。それは、その後増築されたけれど、まだ小さかった台所兼食堂のテーブルでのことだった。母は、つきあっている人が活躍するのを妬むなんておかしいと言ったが、ものごとはそう綺麗には行かないのだ。

母は私を連れて近くの神社へ行き、お祓いを頼んでくれた。すると、後で神社からお札が届いたようで、私が例によって不安を紛らすために散歩に出て、自室へ帰ってくると、部屋中にお札が撒かれていた。

夜になると、夕食もそっちのけで、ビールを浴びるように呑んだが、何本呑んでも酔えなかった。そんな私を見て、両親は途方に暮れていた。後から思えば、東大病院に付き添っていく、とでも言うべきだっただろう。

夕方や夜になると不安を紛らわすため、長い散歩に出かけた。時には一日に何度も出かけた。小学生の頃から欠かさずつけていた小遣い帖―金銭出納帖は、この時期だけ、白紙になった。不安の種は、次々と思い浮かび、払っても払っても消えなかった。近くを流れる川にかかった細くて頼りない橋の上で、ここから飛び込んでしまえば、と何度も思った。自分が、このまま無名の学者として生涯を終えるのではないかという恐怖があったが、それが原因なのかどうかも、もう分からなかった。ただ確実なのは、もう三年近く、周囲の人々が華々しく活躍しているのを見ながら、私が苦しんできたことだけだった。

ある夜、相変わらず眠れない私のそばに、母が、眠れるまでついていてあげる、と言って、ベッドの脇に座った。私は蒲団をかぶって横になるのだが、すぐに跳ね起きる。母が私を宥めて、また寝かせる。薬は効かなかったが、私はそれを次々と呑んだ。母が、もう薬は呑んじゃダメよ、と言ったが、母がいなくなった隙を狙って私は呑み、戻ってきた母が、薬、呑んだでしょ、と言った。

苦しむ私を見て母は「かわいそうに」と言った。蒲団をかぶってそれを聞きながら、三十三歳にもなって、こんな病気で母を心配させている自分が哀しかった。だがその時は、こんな苦しみがいつまで続くのか、そのことの方が恐ろしかった。

もう限界だと思い、坂本教授に再度電話して、いまこれこれこういう状態で、お願いだから読んでくれと、事情を説明して懇願した。

ある朝、相変わらず碌に眠れないまま、またしても森田療法の援用で、何も考えずに体を動かしてみようとして、庭の草取りをしたり、窓拭きをしたりした。もう四月に入って、暑いくらいだった。だが、その間も、私の胸は、不安のためにきりきりしており、仕事が一段落して部屋へ戻ると、たちまち、いても立ってもいられない不安が、かつてない激しさで襲ってきた。私は慌てて、うららと日のさす表へ飛び出すと、川を渡って大通りをずんずんと歩き、戻ってくると、玄関先で母が庭仕事をしていた。私は、もうダメだ、入院したい、と言った。母は、これ以上困惑したことはないという表情をして、四月には弟の結婚式が迫っているし、それまでは精神科に入院などしないでくれ、それに、そんなことを聞いたら、吉川さんは嘆き悲しんじゃうわよ、と言ったが、私はそうは思わなかった。果たして、彼女に電話を掛けて苦しみを訴えた時、彼女は私を心配するより、自分の不運を嘆いただけだった。

ほとんど眠れぬ日が四日ほど続いて、私は電話で急遽予約をとり、東大病院まで行った。気が遠くなるほど長い道のりであり、電車の一駅間だった。上野の駅から不忍池を渡っていった。花見の季節でにぎわう人々のあいだを蹌踉《そうろう》としてくぐりぬけながら、なぜおれだけがこんな目に、と我が生を呪った。既に、東大病院の建物の中にいてさえ、恐怖感を覚えた。医師は、睡眠促進剤を上げましょう、と言って、いくつかの薬をくれた。家に帰って、呑んで寝たが、ことさらに病状が改善したわけではなかった。

　むりやり、普通の生活をしてみようと思い、四月二日に、国立劇場で上演している新派の「日本橋」を観に行った。最前列に近い席に座って、ただ舞台を凝視していたが、五感が痺れたような状態で、とうてい観劇と言えるような経験ではなかった。もはや心臓とか胸がどきどきするとかいう段階ではなく、全身が激しい緊張状態にあり、帰りの地下鉄に乗った時、気絶するのではないかとさえ思った。いや、気絶してしまえたなら、どれほど楽だっただろう。

　よく、冒険物語で、主人公はいったいどこで食事をとったりしているのだろう、と思うことがあるが、この二週間ほどは、あとで考えても、よく生きていたと思うほどだった。

　その後、坂本教授から電話があって、前半を読んで、朱を入れてくれたと言う。後半も続けてやるというので、大阪へ送ってくれるよう頼んだ。しかし、それでにわかに病状がよくなるというものでもなかった。もはや四月十日を過ぎ、両親は、弟の結婚式のため神戸へ行くことになっていた。私は、ひとりで家に残るのも怖く、ほとんど理性を失った状態で、両親に窮状を訴えた。母は、じゃあ、誰それさんのところにでも泊まる？　などと言い、しかしそれはさらに恐ろしいことに思われた。遂に業を煮やした父が、

「気違い病院へ行け！」

と言った。それは台所の食卓での会話だった。私はその一言を聞いて、少し考えてから、明

日、大阪へ帰る、と言った。

その翌日、東京駅まで母に送ってもらった。もはや「こだま」に乗ることもできず、東海道線の各駅停車にともかく乗り込んだ。その時、既に午後二時は回っていただろう。今どき、大阪へ行くのに各駅停車に乗る者など居はしない。乗降口のそばのボックス席の、一段高くなっている席に、私は敵の襲撃に怯える小動物のように体を縮めて蹲《うずくま》っていた。ほかに乗客の姿を見た記憶がない。東海道線ともなると、各駅停車でも駅間は長い。だがもう、そういうことも問題ではなく、ただこの世にあることが怖かった。次第に夕暮れてゆく電車のなかで、私はひたすら不安に耐えていた。長い、長い時間の果てに、八時ごろ、列車は終点の静岡に着いた。もうすっかり夜だった。いったん、駅から外へ出て、少し冷たい空気に当たって気持を落ち着けた私は、決心して「こだま」に乗った。

それは、新大阪まで行くその日の最終のこだまだった。名古屋に泊まることも考えたが、もうどこで何をしていても怖いのだから、米原―京都間の長さも問題ではなく、私はそのまま乗り続けて、新大阪に着いた。その時点で既に十一時半になっており、私はそこからタクシーに乗って、マンションまでたどり着いた。

もう深夜を過ぎていたが、私は部屋の整理を後回しにして、試しに大学へ行ってみた。すると、英語の共同研究室で、江原さんと黒瀬さんが呑んでいた。私が信頼する二人が、この日の夜、ここで夜遅くまで呑んでいたことは、それが特に助けにならなかったとしても、私には神の恩寵と思えた。二人は、私の話を聞いてくれた。

江原さんは言った。

「あの、君のつきあってる、K《ケー》女史な、あれ、やめとけ。精神衛生によくないぞ。大した女じゃないだろう」

すると黒瀬さんが、笑顔を浮かべながら、

「いやあ、惚れちゃったんだね」

などと言ったものだ。

疲れたせいか、その日は眠れた。翌日、弟の結婚式に出るため、神戸のホテルまで出かけた。親戚はみな関東にいたので、ホテルに部屋を準備しており、私もそこに泊まることにした。ホテルの廊下で父に会った。「どうだ」と父は訊いて、

「大丈夫でしょ、ん?」

と言った。私は、う、と軽く頷いた。その晩、ホテルのベッドで、いくぶん寝苦しさを感じながら、大学院に入りたての頃、次々と沸いてきた着想が、くるり、くるりと頭の中に甦ってきた。あの頃は、どうしてああだったんだろう、と考えながら、いつしか寝入っていた。

弟は、ごく普通の人間だった。前年の秋、結婚したい人がいるというので、母が関西に来

て、私と四人で神戸で会っていた。結婚式も、こぎれいな教会を使っての、派手過ぎず地味過ぎず、いかにも弟らしいものだった。終って、そのまま大阪へ帰った。既に机の上には、坂本教授の朱の入った草稿があった。ざっと目を通したが、直ちに改稿に着手することはできなかった。隣の駅前の児玉クリニックまで歩いて行き、

「先生、今度は、大変なんです」

と訴えたら、医師は笑いながら、やあ、薬出しときますわ、などと言った。

私は、同僚にも事情を打ち明け、授業が始まると、学生にも事情を話して、授業を毎回早めに切り上げざるをえないことを詫びた。不安や鬱状態と戦いながら、一時間程度で授業を終えていた。ようやく少し落ち着いた四月半ば頃、吉川さんからは、電話で冷たく別れを告げられた。

ともかく、博士論文を先へ進めることしか、救われる道はない、と考えた。この当時、昼間何をしていたのかあまり記憶にないのだが、ともかく、夜十二時を過ぎるといくらか気持ちが落ちつくので、この時間に仕事を進めた。坂本教授の朱の中には、手に余る、あるいは対処できないコメントもあった。図書館と研究室とマンションを行き交いし、ビールで不安を紛らわせながら、仕事はゆっくりと進んでいった。

五月ごろにはいくらか落ちつき、「神経症は君だけじゃない」という大学内に張られたビラ

に引かれて森の宮まで出かけていったこともある。それは、「メンタルヘルス友の会」という集まりの主宰だった。だが、そこでは私と同年輩の講師が、十人ほど集まった神経症患者たちに、お釈迦さまと親鸞上人の教えで神経症を克服しましょう、と話しただけだった。のみならず、その講師は、三世の因果といって、過去世の報いが現世で現れるのだと説いた。

奇妙なことだが、この種の宗教の集まりには、清らかな感じの顔だちをした美人が、必ず一、二人はいるもので、この時もそうだった。話が終ると、参加者のうちには、やや怒気を含んで、こういう話を聞かされるとは思わなかった、などと述べた人もいて、けれどその青年も、でも聞いていると、スタッフの方たちもいい人のようだし、などと言っていた。私は、当然ながらある程度失望してはいたが、何も言わなかった。思えば、こんなところまで電車に乗ってやってきて、じっと座って話を聞いていたこと自体が、既に私には治癒への道だったのだ。

その頃、私より七歳ほど年上の、三重隆夫助教授と、共同研究室で二人きりになった時、三重助教授は、言った。

「私も、そういう病気になったこと、ありますよ。家から五十メートル以上遠くへはいけないとかね。神経を使う仕事だから、そういうことは、よくあります。でも、治るってことはないですね。鈍磨するんですよ」

その通りだった。それから、長い時間をかけて、病気は鈍磨していった。その頃、母が大阪まで様子を見に来てくれ、狭い部屋で一泊していった。それからも、年に二、三度、様子を見に来てくれた。もともと丈夫ではない母は、時には到着した時に、疲れきっていたこともあったらしい。何度か、手紙も貰った。

　博士論文の草稿の修正は、夏休みが始まる頃に終わり、坂本教授から、製本して送るように指示を受けて、近所の製本店へ頼みに行き、自室へ帰る途中の夕焼け空を、ある感慨をもって眺めた。それから、修正の指示が届き、翌年の四月に公開審査が行われ、その年の暮れに刊行された。

　それからしばらく、私の東京から大阪までの行き来は、米原までこだまで行き、そこで各停に乗り換えるというやり方が長く続いた。東京、新横浜、小田原、熱海、新富士、静岡、掛川、浜松、豊橋、三河安城《みかわあんじょう》、名古屋、岐阜羽島、米原、彦根、南彦根、河瀬、稲枝《いなえ》、能登川、安土、近江八幡、篠原、野洲《やす》、守山、栗東《りっとう》、草津、南草津、瀬田、石山、膳所《ぜぜ》、大津、山科、京都、西大路、向日町《むこうまち》、長岡京、山崎、そこから阪急線の大山崎駅まで歩いて、それから水無瀬、上牧《かんまき》、高槻市、富田《とんだ》、総持寺《そうじじ》、茨木市、南茨木、途中から、モノレールが隣の駅まで通ったから、そこでモノレールに乗り換えて、宇野辺《うのべ》、万博記念公園、山田、千里中央、少路《しょうじ》、柴原、蛍池《ほたるがいけ》、といった具合だ。東京から帰る時は、もう夜八時か九時になって、ひどく傾いた大山崎の駅のプラットフォームで電車を待っていると、ああ、やっとここまで来た、と安堵したものだ。東海道五十三駅は京の都までだから、京都までなら、私の場合は、三十二駅になる。最後まで数えれば五十一駅で、五十三に少し足りない。人がせいぜい、新横浜、名古屋、京都、新大阪くらいで来るところを、私は五十一の駅を、何度も何度も通過した。そして一つ一つの駅が、黙って私の苦しみを眺めていたのだ。

＊

博士号をとれば病気は治るだろう、と私は思っていたが、その後も、ただゆるやかに、十年ほどをかけて、鈍磨していったというのが実情である。

奇妙だったのは、博士号をとったあと、夏休みに実家へ帰ろうとして、もう八月半ば、例によって米原まで来たところで、どうしても怖くてこだまにすら乗れず、大阪まで戻ってきてしまったことだ。結局、博士号取得のために、T大での博士論文審査に行ってから、大阪の大学を辞める前に東京の大学へ面接に行くまで、私は二年半、実家へ帰らなかった。考えてみれば、二度の春休みと、夏休みを含めて、私の病気は、実家にいる時に悪化していたのである。

その原因は、私が就職した頃に定年になった父である。もともと、父が毎日実家にいるようになったら、一緒には住めないだろうと思っていた。父は、東京の会社へ通って時計修理をしていた職人で、定年後はやることがなくなり、毎日寝転んではテレビの時代劇か野球を観ていた。ただ、自宅での時計修理をアルバイトでやっていたので、それはしばらく続けていたが、父と私は、昔から合わなかった。

父はすぐ不機嫌になる性質の人で、しかも話し下手だった。口論をするというのではない。確かに五年に一度くらい、口論になることはあったが、若い頃は小説を書いていたという父も、長年の職人暮らしの間に、すっかり人格は変わっていた。病気のために大学へ行き損ねたという父は、会社で、自分より若い大卒の者が出世していくことに、時おり不満を漏らしていた。私や弟がいい大学へ行くのは、父にとっては、周囲に自慢するためのものでしかなかった。家では、不機嫌な顔をしているか、くだらないおどけ話をして私と母と弟を苦笑させるばかりだった。

もし父に、はっきりした悪徳があったら、まだ良かっただろう。酒癖が悪いとか、浮気をするとか、ギャンブル狂いだとか、借金をするとか。しかし、勤めていた時の父は、七時になると帰ってきたし、休日はアルバイトの時計修理をしており、落ち度はなかった。だが、子供たちとちゃんと話をすることができない人だった。弟とは、私より会話ができたが、それも、野球やサッカーの話だけだった。高校生の頃から、私は父と直接話をすることはなく、たとえ父に向かって話しかけても、父は母に向かって返答するのだった。

もっと後のことだが、病気をしてアルバイトもやめた父が、あまりに手持ち無沙汰にしているのを見て、私は、自伝を書くとか、本を読むとか、そういうことはしないのか、と母に訊いてみた。だが、そういうことをする気はないらしかった。

日本の父親などというのは、大方そんなものだと、人は言うだろう。それどころか、父は、母が私をかわいがることに嫉妬していた。まるでフロイトそのものだ。そういう意味で、私が精神分析を侮ったのは間違いだったかもしれないが、逆にいえば、それに気づいたからといって、どうすることも出来なかったのは事実である。私は、母に会うためには実家に帰りたかったが、父には会いたくなかった。そのディレンマが、半ばは私の病気の原因だったと言えるだろう。

あの地獄のようだった春、私が、昼ごろもなお眠れずにベッドの上で輾転反側して苦しんでいると、私の部屋の向かいにある小部屋で、父は時計修理のアルバイトの仕事をしており、その音がカチャカチャと聴こえてきた。それは、あの時、私の神経を蝕んでいたのだ。

＊

私の博士論文が、平岩さんの手で単行本になってから三ヵ月後、吉川さんが、ようやく博士論文を本にした。博士号取得から、実に七年もかかっていた。その四月、私と吉川さんと、マゾビエッツキー清川、ほかに二人ほどの若手の、著書刊行記念会が、梅田辺で開かれることになった。だが、私は不快だった。その会が近づくに連れて、私は病的なほど不愉快な気分になった。それは、その年の丸川学藝賞を、吉川さんがとることが分かっていたからである。

その記念会の二日ほど前に、部局恒例の花見の会が開かれた。花見といっても事実上の酒宴であり、初めて参加した時に、マゾビエッツキーが挨拶しようとすると、男たちが、

「H・I・V！　H・I・V！」

と叫んだ。私は、これが大学の教員か、と思って不快になり、それからは花見には参加しなくなった。

翌日、大学へ行くと、本村教授らが、

「いやあ、昨日のは悪い酒だったなあ」

などと話していた。興味はなかったが、聞いていると、何やら、酒に酔ったマゾビエッツキー清川が、女性事務員たちに、「××さんとセックスしたい」などと言ったらしかったが、それだけではなく、その一人にセクハラ行為をしたらしく、講師の坪田君が激怒していた、と聞いた。

正義感から私が立ち上がったといえば、通りはいい。しかし実をいえば、私もまたむしゃく

しゃしており、これまでのマゾビエッキーの数々の行為に不快を覚えており、それにこの時火がついたと言うべきだろう。私は家にいる坪田君に電話して、何があったのか聞こうとした。坪田君は、

「だって、藤井さん、怒るでしょう」

と困った声を出した。怒るようなことがあれば怒るのは当たり前だ、と私は言った。その結果、坪田君が渋々ながら話したところによると、教員室で酒を呑んでいて、マゾビエッキーが暴言を吐き、女性事務員らが不快な顔をしている中で、その一人が、先に帰ろうとした。マゾビエッキーは、送っていくよ、と言ってついて行った。坪田君はその時、三階の自分の研究室にいたという。

マゾビエッキーが狼藉に及んだのは、建物の玄関先まで来た時のことだったらしい。坪田君は、微かな悲鳴を聞いて、研究室のドアを開け、そのガチャリという音で、マゾビエッキーは逃げ去ったらしく、坪田君が階段を降りていくと、その東さんという女性事務員が泣いており、坪田君はモノレールの駅まで彼女を送っていったという。

しかし、ある意味で、坪田君の怒りは私より激しかった。「あいつは、きっと今までああいうこと、繰り返してきたんだと思うんです。それで、うまく行ったり行かなかったりしたんですよ」。坪田君自身も、マゾビエッキーからセクハラめいたことを言われたことがあるようだ

った。

マゾビエツキー清川が、上野千鶴子とも仲がよく、ロシア人の夫人との結合姓を作るなどして、世間ではフェミニスト学者だとされていることからみても、私の怒りは激しかった。私は、翌日の記念会で、その悪事を暴露することを想像した。翌日はどんよりした曇り空で、私は重苦しい心を抱えて、記念会の会場へ向った。

入り口あたりで、ごてごてと人に会うのが嫌なので、私はわざと少し遅れていくと、菊池教授やH大学の教授、吉川さんとマゾビエツキー清川、江国桃子さん、平岩さんらが来ていた。私は後ろのほうに立って、憂鬱な顔つきで、平岩さんや江国さんと話していた。マゾビエツキーは、当時歩き始めていた子供を連れてきていて、おいでおいでをして子供を歩かせて遊んでいた。私はどうにも憂鬱が晴れず、菊池教授が、よう、という感じでこちらへ来たので、実はマゾビエツキーが、と話した。

「ああ」

と菊池教授も少し顔を曇らせ、

「彼は院生の頃もねえ、僕が仲人を引き受けていた婚約を破棄したりしてねえ、大変だったんだ。しかしまあ、今日は…」

と言われて、確かに、この場で暴露というような雰囲気ではなかった。吉川さんが、ちらりと後ろを向いて私の方を見た。教授連の挨拶が一通り済むと、私はもう、その場にいるのが不愉快でならず、江国さんを促して、外へ出てしまった。

それから江国さんと、喫茶店で、久しぶりにいろいろ話をして、いくらか気分が晴れた。私と江国さんの間では、いくら親しくても、ややこしい関係にならず、友人でいることが了解事項になっていた。

私は、マゾビエツキーをこのままにしておくつもりはなかった。その当時は、セクハラ相談窓口はまだ設けられていなかったが、設置後も、被害者当人の申し立てでなければ受け入れないものになっている。誰かに相談しなければならないと思ったが、その部局で最もこうした問題に詳しく、また厳しいのは、女性問題研究会の顧問を務める、ナスターシャ・マゾビエツキー清川助教授、つまり清川夫人であった。私は日曜の夜、清川家に電話した。マゾビエツキー清川が出たので、緊張しつつ、夫人を呼んでもらった。私は、

「セクハラ事件が起きました。加害者は、マゾビエツキー清川保」

と告げた。「あら」と言ったナスターシャは、じゃあ早いほうがいいから、明日相談しましょうと言い、翌月曜に、坪田君と、ナースチャと呼ばれるナスターシャの研究室へ行くことになった。

加害者の妻にこんなことを相談するのが異例なのは言うまでもないが、実は私はナスターシ

ャを信じていたのである。マゾビエッキー清川は、フェミニスト風とはいっても、上野千鶴子にもその傾向がある、性のさらなる解放を求める考えを持っており、ナスターシャは、それには反対だと言っていたことがある。もっともマゾビエッキーのそれは、思想などという高尚なものではないのだ。私は、夫の悪事について相談することでナスターシャを苦しめようなどという意図は微塵もなかった。

話を聞いたナスターシャは、マゾビエッキーにはまだ何も言っていないと言ったので、私は驚いたが、これから確認してくる、と、建物の反対側にある清川保の部屋まで行って戻ってくると、事実だと認めて、謝りたいと言っている、と告げた。

その後のことは、ナスターシャや坪田君に任せることにしたが、私には、謝るくらいでは許されないという、マゾビエッキーへの憤りがあった。のちにある学者の本で、鬱病を散じるために他人を攻撃すると書いているのを見た時、ああ自分もこの口だな、と思った。実際、マゾビエッキーのセクハラ事件について聞いた日、私は深い鬱状態にあって、それが今、彼への攻撃によって解消されつつあったのだ。

私が吉川さんに捨てられたことを、マゾビエッキー清川は知っていた。それどころか、吉川さんに、何とかならないか話してくれてもいたのだ。だがその秋、ようやく病気が持ち直して、学会の支部例会へ出かけ、酒宴の席になって、私は、当時はまだその後の研究の方向も摑み直せていなかったのだが、自己紹介に立って、「日本人は愛しうるか、というような研究をしたいと思います」と言ったのは、伊藤整の設問を延長したものだったが、マゾビエッキーはすかさず、

「藤井淳は愛しうるかの方がいいんじゃないか！」

と野次を飛ばしたのだ。人が失恋したことを知っていて、何ということだろう。

さらにセクハラ事件から二ヶ月ほど前に、その頃マゾビエッキーが出した本と私の出した本との交互書評を公開でしたことがあった。既に私はマゾビエッキーの本の不出来に失望して、それを学内の雑誌の書評に書いていた。公開討論を設定した人は、私とマゾビエッキーが仲がいいと思ったのだろうが、確かにその時点では、批判はしていても険悪ではなかった。しかし討論そのものは激しい応酬になり、コンドームをしていてもしていなくても性感に変わりはないとマゾビエッキーは主張し、

「僕は女房相手に実験したんだ。きみ、セックスしたことないんやろう？」

と言ったので、あまりのことに私は爆笑してしまったのだが、こんなのはセクハラ発言でもあるが、その時私は、吉川さんがマゾビエッキーに嘘をついていたのを知った。

赴任以来のマゾビエッキーの数々の、それは私に対してだけではなかったが、この種の暴言への不快感が、セクハラ事件によって爆発していた。私は、学会支部の監事のうち、マゾビエ

ツキーを除く全員—吉川さんも含まれる—に手紙を書き、セクハラ事件について報告し、このような人物が支部監事をしているのはふさわしくない、と述べた。

半ばは予想していたことだが、監事らの中で、私に好意的な返事をくれたのは、K大学の権藤教授一人で、その手紙を送付した翌日には、その一人でマゾビエツキーの友人であるR大学の玉川という教授から電話が掛かり、ああいうやり方はよくない、被害者のプライバシーもあるから、と言った。別の、やはり監事で先輩のY氏からは葉書が来て、あんな手紙を貰っても支部長の福原氏は困るだけでしょう、と書いてあった。

私は、坪田君と本村氏と三人で、部局長に報告に行った。部局長はマゾビエツキーを呼んで話を聞き、二度とやらないという念書を書かせた。そのことを私たちに報告する際、石井部局長は「大したことではない」と言った。

確かに、被害者の東さんは、私や坪田君に感謝し、マゾビエツキーを憎みつつ、ことを公にするのを嫌がっていた。そして、私は部局長に呼ばれて、文書をあちこちに発送したということで注意を受け、「東さんが知ったらどんなに悲しむことか」と言ったのだが、私は、嘘をつけ、大学の体面を考えているだけだろう、と思った。傍らにいた事務局長は、「学内の女性団体にビラでも撒かれたらことです」と言っていた。

当時はまだ、セクハラで大学教員が処分されるというニュースはほとんどなかった。それ以後、その種の報道が増えるにつけ、被害者のプライバシー保護のため教員の実名は公表しないと大学側は主張するのが常だが、明らかに嘘だと思われた。そもそも周囲にいる人々には、被害者が誰だか分かっているし、まったく関係のない者には、教員の名が明かされたからといって、その被害者の名まで突き止めるのは容易ではない。マゾビエツキーへの処分が、履歴に傷のつかないものだったのは、被害者が学生ではなくて事務職員だったことも大きい。しかも非常勤の、である。大学で最も立場の弱い、組合さえない非常勤職員である。そういう相手が狙われたのは、マゾビエツキーの卑劣さがよく現れている、と私は思い、怒りはさらに燃え上がった。

私は、全国大学セクハラ協議会の代表である、K・T教授にも電話をした。故人の有名な法学者と同じ珍しい姓のこの女性は、事件の概要を話すと、ああ、それはひどいですねえ、と言っていたが、加害者がフェミニストとして知られるマゾビエツキーであると名を出すと、さすがに驚いたらしいが、微かに態度が変わり、「まあ、本人にも将来がありますし」などと加害者の心配を始めたので、今度は私が驚く番だった。

しかしその間、私よりも激しくマゾビエツキー追及を行っていたのは、ナスターシャであり、またその膝下の女性問題研究会の広末愛香さんたちだった。広末さんは、三人で私に話を聞きに来たし、マゾビエツキー宛に質問状を送ったりもしていたようだ。広末さんは、まじめそうな顔をした人で、私が、電車に乗れない病気になったことを話すと、ああ、それなら私もなったことが、と言った。

そしてナスターシャは、その後亡くなった京都S大学のフェミニスト教授を連れてきて、東さんに、マゾビエツキーを提訴するよう説得して、結局断られたと、私は後で知った。普通の人である東さんは、自分の夫を訴えるように言うナスターシャに驚き、信用できない、と言っていたし、学者の坪田君ですら、何かウラがあって、訴訟に勝てると思ったのじゃないか、と言ったが、私は、そうではないと思った。ナスターシャは、自分の夫だからこそ、そこで手を緩めたら、自分の今までのフェミニストとしての活動がまるきり嘘であったことになる、と思ったのだ。それは、さぞ苦しいことだったろう。一緒に住み、自分の子供の父親である男を追及するのだから。私は、この前もこの後も、いんちきフェミニストというのをたくさん見ているが、ナスターシャのこの時の努力だけは、本当に高潔なフェミニストの存在を証明するものだったと思っている。

だが、続いて、また事件が起きた。共同研究室に置いてあった私の最近の著作が、床に落ちて踏みにじられ、ホワイトボードに貼ってあった、私が新聞に書いた記事のコピーに、赤いペンで「モテネー」「ホーケー」「ドーテー」「バーカ」といった落書きがされていたのである。むろん、嫉妬心の渦巻く大学内で、著書やら新聞記事を麗々しく飾るなどというのは愚かなことなのだが、いずれも、人に勧められてうかうかとしてしまったことで、しかも幸か不幸か、落書きのほうは私が最初に見つけてしまった。一緒にいた本村教授に勧められて、この件を主任教授に話し、主任は会議で報告し、心当たりがある人は申し出るように言った。私は主任に、もしまたこんなことがあったら、私は大学を辞めると言ったが、それは就任して以来の神経症と、マゾビエツッキーの事件とで、ほとほと嫌になっていたからでもあり、関東人である私が、いつまでいることになるか分からない大阪にいるのが嫌だったからでもある。もしこれが、東京の大学での出来事なら、私は移り先が見つかるまで堪えただろう。

私はむろん、平木を疑った。というのは、その一年ほど前に、平木が先頭に立って張り切ってやっていたデンマークとの国際シンポジウムへの出席を、私が断ったことがあったからだ。私が学者になってみて驚いたことの一つは、一部の学者が、むやみと学会やシンポジウムを開きたがるということであった。シンポジウムというのはもちろんプラトンの対話編の一つの名でもあり、あるトピックについて議論することだが、少なくとも日本の普通の学者が「シンポジウム」と称して行うのは、議論とは似て非なる、研究発表を四つくらい続けてやるだけのことで、では質疑応答、議論に入りましょうという頃にはもう十分くらいしか時間が残っていないのである。これが図らずも時間切れになるのではなく、最初からそうなるように出来ているのであって、要するにその辺の学者に、丁々発止と議論をたたかわせる能力などないのであり、それができる学者は有名学者になってマスメディア主催のシンポジウムに出るのである。

しかしそうではあっても、特に国際シンポジウムなどを主催し、会議録を出したりすることが、自分の名誉につながることがあり、時に自分の弟子や同僚に参加を半強要するので、はなはだ迷惑である。こういう会への参加を要請されるのが、名誉であるか迷惑であるかは微妙なところで、もちろんシンポジウム自体の格が高ければ名誉になるが、そうでもないものになると、あまり発表の場を与えられない院生の時や若い内はありがたくても、それなりに発表の場ができてくると、それほどの点数にならない学会参加は迷惑になる。平木が精を出していたのは、むしろ、ほとんど得にならない学会であって、しかしこれを主導することによって権力意志を満足させようとした平木は、やたら張り切ってプログラムを作り、この人とこの人を組み合わせればパネルができる、とか言ってはしゃいでいた。

私も当初打診を受けて、じゃあこれこれでやってみましょう、ということになった。シンポジウムは一九九八年初夏に決められた。ところが九七年の秋、調べはじめた私は、どうもうまく行かないことに気づいた。その上、英文科時代の教授であったE先生から便箋三枚にわたる手紙が来て、英文学会のシンポジウムに出てくれないか、と言ってきた。その手紙は、学生時代に私が提出したレポートが素晴らしかったのを覚えている、と懇切に書かれてあった。前英文学会会長からこう言われれば、お世辞でも嬉しいし、承諾した。しかしその学会と、平木の学会とがあまりに時間的に近かった。困惑した私は、参加を辞退したいと平木に手紙を書いた。しばらくして返事があり、是非考え直してほしい、ということだった。やむなく私は、神経症のため過重な仕事ができない旨返事を書いて再度断った。

だがその後しばらくして、共同研究室に、秘書の東さんを除くと、私と平木だけになった瞬間があり、早く逃げなければ、と思ったときには、もう呼び止められていた。平木は、新聞か保険の勧誘員のように、小一時間私を説得した。私は、病気だから、と告げたが、聞く耳を持たなかった。その内、私のなかに怒りが沸き起こってきた。E先生は、君のレポートは素晴らしかった、という手紙を寄越した。それに対してこの男は、最初に赴任した時の二次会で私を恫喝し、君の本なんかびりびりに破いたもんね、と言った男であり、もしかすると私を神経症に追い込んだ男である。なぜそんな男に協力しなければならないのか。暴力というのは、与えたものが忘れても受けたものは忘れない。私は断った。

しかし平木は会議の席で、平然と、その、本を踏みにじったり落書きをしたりという犯行が行われた晩に、そこにいた、と言ったのだが、複数の証言によると、どこかで呑んで泥酔して戻ってきたものらしかった。

しかしその後、当然とも言えようが、「犯人」に関する有力な情報は得られず、夏休み前にM教授は、この件は打ち切る、と宣言した。ただその前、シンポジウムの後の懇親会の出欠を取る用紙が回ってきたとき、私は「断然欠席」と書いた。坪田君がそれを見て苦笑していたが、平木がこれを見て怒っただろうことは確実である。私は、四年半前に、平木の恫喝に屈した時とは、人間が変わっていた。以後、私と平木の間には無言の緊張関係が続いた。

八月の末、相変わらず実家には帰らず大阪の自室に籠って、しかし今度は依頼された著書を執筆していた私は、自分の精神状態がかなりひどくなっているのに気づき、もう大阪にいたくない、と思って、雑誌で見た東京の大学の公募五つに応募した。その時はまだ、公募に落ちたら大阪に残るつもりだった。

しかし、九月の末、また事件が起こった。会議の際、こんどはフィンランドのある大学と学術交流をする旨の文書が配付され、その中に、このプログラムへの参加は強制されない、という一文があったのである。その説明があって質問を求められた時、私は立って、参加を強制されないということは確認してもらいたい、以前そういうことがあったので、と述べたが、たちまち平木が立った。

「参加もしなかった人にそういうことを言ってほしくありません」

と言ったあと、例のドスの利いた声で、

「ふざけんじゃねえ」

と恫喝したのである。直ちに私は、

「そうやって人を恫喝するのはやめろ」

と応じた。平木はさらに興奮して、

「こないだのシンポジウムは、正当な理由があって参加しなかった人が二人いたけれど、他はみんな参加してくれました。参加しなかったのはお前だけだろう、それで反感買ってあんな事件が起こったんじゃないか」

と言った。この男は私が病気だというのを信用していないらしい。けれど直ちに私は、

「お前がやったんだろう」

と応じた。すると平木は、

「やるかバカ、俺なら、殺すわ！」

と叫んだのである。平木の罵倒はさらに続いた。果ては私が神経症のため授業を半分くらいで切り上げていた時のことを罵るというありさまで、議長や主任が止めようとしても止まらなかった。遂にM助教授が立ち上がり、

「平木さん、やめましょう、やめましょう」

と大きな声で言ったので収まったが、私は逃げるように自宅へ帰った。

私が挑発したんじゃないか、と言う人もいた。確かに結果としてはそうかもしれない。要するに私はもうその職場にうんざりしていたのである。その後、部局長のもとへ行った平木が、

謝りたいと言ったところ、石井部局長が、謝って済む問題ではないと叱責したとかいう話も聞いた。主任の真山教授とも電話で話して、私は平木へのなんらかの懲罰を求めたが、公的な懲罰の権限は総長にしかない、と言われた。かつ、落書き事件に関して平木を問い詰めるよう要請もしたが、それはできない、と言われた。私は、現在公募に出しているが、平木がここにいる限り、公募のすべてに落ちたら辞職する、と伝えた。その時点では、もう一日たりと大阪にいたくなかったので、休職も考えたが、それは他の人の迷惑になるからと思い止まらされた。私は心身ともにぼろぼろになっていた。殺す、と言われた私は、しばらく大学へ顔を出せず、護身用に短い木刀を買った。

＊

五つの公募に出したうち、二つは面接にまで行ったが、すべて落された。面接はいずれも、まるで、若いくせに四冊も本を出している奴を見てやろう、というので呼んだのではないかと思われた。私は最初の面接の時に、ほぼ二年ぶりで、東京へ帰った。もちろん、こだまである。不安を抱えて、朝方、出かける準備に掛かろうとしていて、私は新聞記事で、吉川さんが丸川学藝賞をとったことを知った。その時の面接は、W大理工学部の英語教師のポストで、いきなり全教員が揃ったような席で、英語での質問が始まった。特に、眼つきの鋭い老教授が、私が博士論文で「恋」について書いているのを否定したいのか、

「愛というのは、行かないで、と女が言う、その時に胸に痛みを覚える、それが愛だ」などと英語で言うのだが、それではまるで鷗外の「舞姫」だ。私にはわけが分からなかった。その教授は、鴎外の孫だった。それから、英語国人の教師が、私の留学中のことを訊いて、「precipitation はどうだったか」と訊いた。precipitatin というのは、落下とか突進とかいう意味で、私はよく意味が摑めず、見当はずれの答えをしていた。その教員は、いや、雨のことだ、と言った。帰宅して辞書で調べたら、確かに気象用語で、降水量のことを precipitation というのだった。もうすっかり、これは落されたなと思って帰ろうとしたら、世話役の教授が、「前もって誰かに決まっているということは、ありませんから」とわざわざ言った。私はすっかり気抜けして、高田馬場駅までぼんやりと歩いて、実家へ戻り「ダメだ」と言った。話を聞いた母は、「あら、だって、あとがきで鷗外の悪口書いてるじゃない」と言ったので、確かに、鷗外は恋の分からない男だった、と書いてあったのを思い出したが、それほど祖父を尊敬しているというのも、驚きだなあ、と思った。

もう一つは、S大の、やはり英語教師のポストだったが、面接の教員たちが定式どおり横一列に並んでいた。この時は、「あなたはH大にいるわけですが、なぜそんな…重鎮というか、

そういう大学から、ここへ来ようとするのですか」と訊かれた。重鎮というのもおかしな表現だが、いくら旧帝大でも、関東人として東京へ帰りたいと思うのは自然だろう、と思った。K大の商学部の英語教師の口にも応募していたが、しばらく何の音沙汰もなかったので、英文科時代の下級生の女性がそこで助教授をしており、それほど親しいわけではなかったが、思い切って電話を掛けて訊いてみた。むろん、実際のところは教えてくれなかったが、

「もう、商学部なんて、卒業したら商社に勤めたりする学生たちばかりですし、英語でも商業英語を教えているんですよ。商学部なんかで教えたら、経歴に傷がつきますよ」

と言われた。

そして私は、辞職することにした。七人ほどの人たちが心配してくれて、総長に訴えようかと考えたそうだが、部局長に止められた、と後で聞いた。部局長が、「本をぼろぼろにした」という発言の件を平木に糺すと、平木は研究室からその本を持ってきて、そんなことはしていません、と言った、という話を、私は真山教授から聞いた。真山教授は、現実に破ったかどうかではなく、そうしたと発言したことが問題なのだ、と部局長に言ったそうだが、部局長は、破っていないそうだ、と繰り返したという。この部局長の感覚は不思議である。

あの酒乱がいる以上、とてもここにはいられない、いたら飛び降り自殺してしまうと思って、私は辞職の決意を変えなかった。残念だったのは、最後の一年ほどで、大学のそばの古書

店や、商店街に、新聞で私の記事を見て私を知ってくれ、言葉を交わすようになった人や、生協書籍部の女性部長吉村さんなどの、親しい人が増えつつあったことだった。私は、前の年から、生協書籍部が発行している小冊子に、頼まれてエッセイを連載していた。吉村さんは三十代くらいの女性で、ちょっと美人で魅力的な人だったので、ちょっと惜しいなと思った。向こうでも、私が辞めると聞いて「なんだ、これから面白くなりそうだったのに」と言っていた。東京へ戻ってから、お勧めビデオを送ったりしていた。

大学を辞めるので、それも終わりということになり、一度生協の集まりに来てください、と言われて出向いたのだが、その集まりに、生協の理事だという中年男が現れた。ほかに、吉村さんと、生協の仕事を手伝っている大学院生の男女が数名だった。駅近くの飲み屋へ行っていろいろ話しているうち、この理事が悪酔いし始めて、隣に座っていた女子学生に、「おれあんたとセックスしたい」などと言いだした。もう私は内心激怒していた。他の学生連も、これはまずいと思ったようで、何とか冗談にしてごまかそうとしたが、おっさんの悪酔いは止まらなかった。ところでこの時、私の右隣に、後にH大の助手になり、今ではどこかの大学に勤めている奈良次郎という男がいた。こいつはその後、広末さんがいなくなった後、女性問題研究会の会長になって、私とさまざま揉めたのだが、その際、電話で話して、ああいう発言こそセクハラだろう、と言ったら、

「私はあの女性に謝ってほしかったですね」

などと言っていたが、それならその場で糾弾すべきだろう。もし、「あの当時はまだ若くて、その場で発言できませんでした」と反省するならまだいいが、そういう言葉もなかった。卑怯な男である。

さらにその理事は、矛先を私に向けて、

「藤井さんは、苦労が足りない」

などとからみ始めた。その日初めて会った男に、なぜそんなことを言われなければならないのか。吉村さんがたしなめたので、一時的に少しおとなしくなるのだが、どうも私と同じ部局の教授から嫌なことを言われたことがあるらしく、教員に恨みを抱いていたようだ。ほかにも、私が院生に請われて著書にサインをすると、脇から覗き込んで、

「藤井さんって、なんで字が下手なんですか」

などと言うし、しまいには吉村さんが、「やめなさい！」と叱責したほどだったが、私は、こういう時は帰ることにしているので「帰ります」と言って帰った。後で吉村さんから、「××が謝りたいと申しております」と言うので、

「死んでしまえ！　と伝えてください」

と言ったが、私はむしろ「あんたとセックスしたい」の方に怒っていたのだ。平木といい、

マゾビエツキーといい、私の大阪生活は、酒癖の悪い男への激しい悪印象を根深いものにした。しかも、平木とマゾビエツキーは嫌煙家なのである。

＊

三月末に、私は大阪を離れることになったが、私はそれまで、夕飯は、歩いて五分ほどのところにある喫茶店で日替わり定職をとるのが普通だったのに、いざここを離れると決まると、もうすっかりそこへ行く気を失い、自室で缶詰などで食べるようになったのは、よほど不味かったのだろう。

東京へ帰り、友人が世話してくれた非常勤講師をしながら、とても昼から父がいる実家には住めないので、母に頼んで探してもらった東京のアパートに住んで、初めての東京での一人暮らしを始めた。

その年の初夏、私は、断煙を真剣に考えて、代々木にあるＪＲ病院へ行き、「禁煙指導」を受けた。それはニコチンパッチを使うもので、一枚で一日もたせろというものだったが、そのパッチにはタバコ十八本分のニコチンが含まれているということだった。当時も今も、私は日に四十本程度のタバコを吸うのだから、なぜそれでもたせられるのか疑問だったが、その頃の私は、まだ気が弱く、医者を問い詰めることなどできなかった。そして、一日目の昼過ぎに、とうとう我慢ができなくて吸ってしまい、二度通っただけで医者から見離され、断煙は失敗した。

その後、飛行機は全面禁煙になってしまい、病気がなくとも、私が海外へ行くことなど、余暇ができて船で出かける以外にはありえないことになった。もっとも今では普通の旅客船というのはないようで、世界一周とかクルージングしかないらしい。世間では、精神の病に関する本がたくさん出て、精神を病んだ、主として神経症などの患者を指す「メンヘル」などという言葉が行きかうようになり、私が体験したような症状も、多くの人が語りだすようになった。画期的な抗鬱剤とされた、プロザックを含むＳＳＲＩは、一度呑んでみたが、眠気がひどくて、やめた。

それから私は、京都での研究会に出席するようになり、たびたび東京と京都の間を往復したが、相変わらず「こだま」で、不断は呑まないビールを呑み、タバコで不安を紛らわしながらの往復だったが、二年ほどたつうちに、不安はかなり軽減され、ある時、思い切って、静岡に止まる「ひかり」に乗ってみた。それで大丈夫だったので、以後はひかりを使うことになった。それでも、グリーン車の喫煙車で、極力人が少なく座席が大きいところを選んでいた。

あと一息で、東京―名古屋間もノンストップで乗車できるかもしれないと思っていたら、それから三年ほどたって、ＪＲ東日本が、新幹線や特急を全面禁煙にするという措置に出た。それでは、私はとうてい東北、新潟、長野その他、東日本の遠隔地に行くことはできなくなる。私は、ＪＲ東日本を提訴したが、判決では、「生存に影響なし」ということで敗訴した。

もし将来、東海道新幹線も禁煙になる、というようなことがあったら、と私は想像する。今でも既に禁煙の列車が走っており、デッキでは立って吸えるそうだが、そんな列車に乗りたくはない。もしすべてがそういう列車になるなら、せめて、こだまだけでも、喫煙車両を残してもらいたい、と私は思う。その時、私は再び、あの懐かしい五十一駅を使って、関西へ向うだろう。新横浜、小田原、熱海、新富士、静岡、掛川、浜松、豊橋、三河安城、名古屋、岐阜羽島、米原、彦根、南彦根……。晴れた日の新富士の駅からは、真正面に富士山が見える。

（了）

ロクシィの魔

「杉浦くん、そうよ、そう、ああ、気持いいわ」

「先生、すごい、おっぱいが、柔らかくて、あったかい…」

龍一は、倉田先生の体が、想像以上に白いのに驚いていた。そして、その体に触れると、その弾力と温かさに、深い感動を覚えた。その乳房をいらいながら、手が微かにがくがくと震えるのを感じていた。

「杉浦くん、噛んで」

「えっ」

「噛むの、乳首を噛むのよ」

「痛く、ないんですか」

「優しく噛むの。甘噛み、っていうのよ」

俺は、それから一気に、杉浦龍一が果てるまでをパソコンの画面に叩き込むように描き終えると、すっかり冷めたコーヒーを一口啜り、デスクの左脇へと椅子を回した。

俺の逸物はすっかり怒張していた。自分が描いたセックスシーンに興奮できないようでは、作家とは言えない。俺はマルボロ・メンソールに火をつけて咥えると、DVDプレイヤーのところまで行き、ネットを使って海外から輸入した裏ものDVDの、まだビニールで覆われているのを乱暴に引き裂き、DVDをセットした。

「もし警察から連絡があったらご一報ください」などと注意書きがあったが、俺はこれまでこの種の裏DVDを五十枚は取り寄せている。警察が何か言ってきたことなど、ありはしない。ネットからダウンロードできるタイプのものもあるが、パソコン画面を見ながらのオナニーはいかにもしみったれた感じがして、かといってわざわざDVDに焼いたりするのも、AVに対する取り扱いがご丁寧すぎると思って、結局は海外から取り寄せるか、たまには、一箇所だけ知っている、その店でダウンロードしたものを焼いて売っている店で買ってくる。

いったん裏ものの味を覚えると、ボカシの入ったAVなんか、使えたもんじゃない。いっぺん、アメリカへ行った時は、普通にハードコアが手に入るので、いったい日本はどういう根拠があって、いい大人がこの手のセックスビデオを観ることまで規制するのかと怒りを覚えたくらいだ。その癖、ダウンロードにせよ、ネット販売にせよ、「あなたは十八歳以上ですか」などと表示が出るのが、笑わせる。十六歳だろうが十五歳だろうが、「yes」のほうを押してしまえばそれまでだ。

女のアソコに寿司をこすりつける場面を観ながら、俺は発射した。出るときにティッシュペーパーで押さえたりするのが、みみっちくて嫌だから、そのまま部屋のフローリングの床に向かって放った。あとで始末するのは少々面倒だが、ペニスを覆ったティッシュの中へなど放出する惨めさに比べたらずっとましだ。

もちろん、オナニーだけじゃあ、物足りないから、ソープへも行くが、俺はわりあい、ヘルスのほうが気に入っている。ソープじゃあ、時間がたっぷりあるから、二度でも三度でも出せることになっているが、四十を過ぎた俺にはそんなに出すほどの精力はもうないし、下手に気に入らない女でも出てきた日にゃあ、六万はするソープ代からいって合わない。その点、ヘルスは、いい店がある。ちょっと教えられないけどな。

下半身にパンツだけ穿くと、俺は、パソコンの画面をロクシィに切り替えた。ロクシィってのは、その四月から始まった、ソーシャル・ネットワーキング・システムってやつだ。俺がロクシィのことを知ったのは、大学教授になった純文学作家の島雅彦が新聞に書いていたからだ。もっとも、俺は島の小説が面白いと思ったことは一度もない。碌にセックスシーンがないじゃないか。いっぺん、島と関係の深い出版社のパーティーに行った時、ちょっとこっちを見て、そっぽを向いたことがあったっけ。

俺の小説は、まあ五十冊にはなるかな。途中からは、まあ、ポルノ風のものが多くなったが、ほかにも冒険小説とか、恋愛小説とか、いろいろだ。けれど、売れているのは、女性学者シリーズだ。今描いているのもそれだが、まあ三十八歳くらいに設定した大学助教授の女が、恋人とやったり、男子学生の筆卸しを手伝ったりするやつだ。昔っから、女教師ものといえば、ポルノでもＡＶでも、だいたい高校教師なんだよな。だが実際、高校教師なんてのは、俺は、どっかの女子大だか教育大だかを出た、大して頭のないフツーの女でしかないと思ってる。だから、大学助教授なんだ。いや、そういうのも前から少しはあったが、俺より前の連中は、ただ大学の先生って設定しただけで、あとは普通のポルノや、高校教師ものと同じなんだから、いけない。俺のは、もっとリアルだ。教授からのセクハラとか、学会での発表の様子とかをちゃんと描きこんで、しかも、その専門とか研究内容とかをきちんと描いておく。そんなのは、ネットを使って論文の題名を見て、適当にこしらえればいい。すると、ちゃんと知的レベルの高い女のイメージができあがる。そこから、じっくりと、学生を誘惑するようなシーンに持っていく。表と裏の違いに、読者は興奮するわけだ。

　さて、ロクシィを見ると、昨日書いた日記にコメントがついているから、それを読んで、返事を書き込む。ロクシィってのは、招待してもらえないと入れないから、俺も最初、ちょっと困ったんだが、ちょうどその頃、出会い系で会った女が招待してくれた。だから俺の「マイロク」つまりロクシィ上での友達は、その女と、スナック白い部屋のホステス二人と、新聞記者の女一人、あとロクシィ上で知った女二人だ。なんだ、女ばっかりだ。まあ、そのうち男も何人か入れようと思っている。ロクシィの使用料は、ロハ。最近、プレミアム機能とかいうのがついたが、もちろん俺は使ってない。この手のネット商売は、広告で運営しているようなもんだが、それでも、日記の字を赤や青にできるとかカラーの絵文字が入れられるとか、携帯から見られるとか、そういうのがプレミアムなんだが、そっちは有料だ。バカな若い連中がこの有料オプションを使っている。なくてもいいものを使うあたりが、若いね。

そうだ。「純文学」ってもんは、どうしてああつまらなくなったのかね。世間では豊島賞なんてのが、発表されるとお祭り騒ぎになって、受賞作は俺も読む。しかしまあ、どれもこれも、大した事件は起こらないし、エロくもない、落ちもない。下手をすると筋さえない。言っておくが、俺は若い頃、川端康成とか谷崎とか読んだが、あいつら、凄くエロかった。それでも純文学なんだからな。大江健三郎だって、独自のエロさがあるし、中上健次だって、俺にはちょっと不満だったが、ちゃんとエロい場面、入れてたじゃないか。もっとも俺も、村上龍には脱帽することが多いね。まあ、いま、純文学とか言っていて、俺が尊敬できるのは、龍ちゃんくらいだな。

ロクシィでは、別に交流のない奴のプロフィール、略してプロフも見られるから、時々、女、三十歳から四十歳、ってあたりで検索すると、ちょっと面白そうな女が見つかる。もちろん、いきなりナンパメールなんかは送らないよ。「お気に入り」って奴に入れておいて、ちょくちょく覗くんだ。すると、俺がコメントしたら面白いな、って日記が出てくると、コメントする。それで交流が始まれば、マイロク申請する。俺は実名で登録しているから、中には、あっ、作家の小野魁太郎先生ですか、って凄く感動する奴がいて、おもしろいし嬉しいね。

ちょっとかわいそうだった女がいたな。風俗店で働いていて、AVに出たこともあって、けど作家を目指してるとかいう女だったが、まあ、そんなことプロフに書いてちゃ危ねえんじゃないかと思ってたら、案の定、「お願いがあります。僕のおしっこを飲んでほしいんです」とかいうメッセが来たらしくて、女が怒ってそのメッセを日記に晒したわけ。男は逆ギレして、そういうメッセを送ってはいけないんですか、なんてコメントしてたけど、その男、自分のマイロクからも非難されて、黙っちまった。俺も、まあ怒りゃしないが、このバカ、と思ったね。小便飲んでほしかったら、そういうクラブ行って、金出してやってもらやあいいわけで、ロクシィで、そんなこと頼むかよ。しかもこいつ、タダでやらせようとしたみたいだし、常識ないにも程があると思ったぜ。もっとも、日記の更新がしばらく途絶えていて、また更新したところで、「大丈夫ですか。こないだはひどい目に遭いましたね。非常識な男もいるもんです」ってコメントした。返事してくれたけど、俺自身が、なんかその女に興味を持っちゃったんだね、また間を置いて「あなたの出ているAVを観てみたいので、藝名を教えてもらえませんか」ってメッセ送っちゃった。返事、来なかったよ。これは失敗だったね。

俺だって、最初は「純文学」目指してたんだぜ。豊島賞だって、一度だけだが候補にはなったしね。けど驚いたね。豊島賞候補になっても、単行本出して貰えないんだから。しょうがねえから、ノベルスで書いた恋愛小説、もちろんセックスシーンは俺好みに盛り込んだやつが、最初の単行本だ。売れるまでは、ミステリーとか、ポルノとか、ギャンブルものとか、いろいろ書いた。魁太郎ってのはペンネームだが、なかなかいい名前だと思っている。作家なのに、平凡なペンネーム使うやつの気が知れないね。もっとも、それでも売れてたら、俺の負けなわけだけどさ。まあ俺の場合、どこかで何かがドカンと当たった、ってわけじゃない。じわじわと売れてきた。

セックス・アンド・ヴァイオレンス小説ってのがある。西村寿行先生とか、勝目梓先生とかの領域だ。だが、それと同じじゃしょうがない。だから俺にはポリシーがあって、レイプは描かない。まあ、レイプ犯をやっつける話ならいいが、俺はポルノを書いても、恋愛小説の一種として描いてるからね。助教授ものを最初に描いた時なんか、セックスシーンが出てくるのが、小説の半ばになってからなもんで、編集者とずいぶんやりあったね。もっと早く出せって、当然編集者は言うわけだが、俺は、完全にそのヒロイン助教授に感情移入して書いたつもりだから、セックスする必然性が生まれるまで、どうしてもこれだけ必要なんだって言って、これの売れ行きが悪かったら考え直すから、とにかくこれはこれで行かせてくれって、土下座して頼んだ。

結局それが通ったが、発売日には気が気じゃなかったね。朝十時に近所の書店へ飛び込んで、でもまだ来てるはずないんだ。それから一週間くらい、都内のでかい書店を回っては売れ行きを見たんだけど、売れてない、と思うと吐きそうになってね。けどまあ、おかげで二週間くらいで増刷して、それからは俺も、突っ張らないで、学生とデキる前に、前の恋人とのセックスシーンをはじめの方へ持ってきたりするようになったけどね。

渡辺淳一先生。なんか、『失楽園』出してから、批評家とかその他の連中が、さんざんバカにするんだよな。中には、お前、渡辺先生の小説どれだけ読んだんだ、っていうようなやつが、バカにしてもいいもんだと思い込んでバカにするんだ。渡辺先生がどんだけキャリアがあって、伝記小説とかいいもんたくさん書いて、その一方で性愛の奥を極めようとしてあそこまで行ったとか、そういうこと、文学やってて分からねえかよお前、って感じ。だからあの時は、豊島賞候補になった頃から久しぶりに、文藝雑誌にエッセイ書いて、渡辺先生を擁護したね。あと、あれ、片山恭一の『世界の中心で、愛を叫ぶ』。売れたもんだから、評論家連中、嫉妬しちゃって、悪口言いまくりだった。ハーラン・エリスンの題名パクってるとかケチつけてさ。パクリじゃないの、もじりって言うの、あれは。ちゃんと読んでんのかよ、と。ちゃんと読めば、片山が精魂傾けて書いてんの、分からなかったら文藝評論家なんか名乗るのやめろよ、と。女が白血病で死ぬとか、プロットだけ聞いて評論書くんじゃねえよ。島へ行く場面なんか、俺はどきどきしたし、片山が青春を愛惜して書いてるの、よく分かったぜ。やっぱり、自分で書いてねえやつは分からないのかなあと、あん時は思ったね。

ロクシィは出会い系か？　って文章を読んだことがあるが、出会い系じゃないとしたら、男、女、年齢での検索装置がついてるのはなぜ？　ってことになるだろうと、俺は思うね。俺は五年前に離婚している。女の編集者と寝たのがばれたからだ。まあ、編集者と寝ていいのか、ってことについちゃ、そりゃ俺の本を出すような大手出版社の現役編集者じゃまずいだろうが、その女の場合は、単に週刊誌の取材で初めて会って、当時、三十二、三だったかな。すげえ美人ってわけじゃあないが、そこそこで、何か色気があって、ああいいな、と思ったから、食事や酒に誘ってたんだが、そのうち勤めていた会社を辞めてフリーになって、編集者やったりライターやったりし始めて、俺とは仕事上での接点がなくなったから、まあいいかと思って、神楽坂にあった古ぼけた昔ながらの連れ込み旅館みたいなのを、社会勉強だと思ってとか言いながら連れて行って、入ったんだ。

ばれるもんだね。妻はその編集者の名刺を探し出して、その女に会いに行くっていうから必死で止めたんだけど、どうやら夜中に俺の携帯を調べたらしくて、相手の女に掛けたらしい。

もっとも、妻と別れても、その女と結婚したわけじゃない。顔はいいけど、都内の国立大出身なのを鼻にかけて、わがままな女だったから、ごたごたしたあげくに、結局はそいつとも別れたんだ。

俺は立教だ。バカが揃ってたと思うぜ。けど、俺は英語が苦手だったからなあ。もちろん、国語は、現代国語も古典も高校じゃあトップクラスだったよ。ただまあ、不思議なのは、大学の授業がけっこう面白かったことだな。俺には面白いんだが、ほかの連中にはよく分からなかったみたいで、これなら猛勉強して早稲田くらい行きゃあ良かったと思ったぜ。東大の先生の蓮實重彦が、映画の講義に来ていて、俺も出てた。けどあの先生、俺たちのこと、バカ学生だと思ってるのがよく分かったね。俺は最前列で聞いてた。ある時、「黒澤明が一九三八年に撮った映画について考えましょう」って言って、バカそうな奴に、何か知ってますか、って言ったら、そいつ、『隠し砦の三悪人』って言いやがった。先生、「えっ、昭和三十八年じゃありませんよ」だって。やだねえ。

出会い系を始めたのは、離婚して、編集者とも別れてからだな。出会い系っていうと、セックス相手を見つけるもんだと思ってる奴がいるけど、そうとは限らない。サクラだらけの詐欺出会い系じゃあ、金はとられてもセックスはできないわな。だからまあ、ヤフーとかエキサイトとかの、定額制で安いやつがいちばんお得かな。

俺は偽名を使ったりはしない。相手から返事が来たら、ちゃんと作家の小野魁太郎って者で、こんな名前ですがヤクザ小説を書いてるわけじゃないです、って名乗る。俺のことを知ってる女も、知らない女もいる。村上春樹とかじゃないから、誰でも知ってるってわけにはいかないわな。まあ、それでもググればけっこう出てくるのと、わりあい、恋愛小説の作家ってことになってるものが多いから、女も割と興味持ってくれる。ただし、顔写真がないようなやつと、会うことになった時は、こりゃあ覚悟がいるね。まあ、たいていは三十五過ぎてる。最初に会ったのは、ハズレっていうか、セックスしたいと思うような女じゃなかったが、ロクシィに招待してくれたのはこの人で、まあ人柄は結構良かったんで、夕飯は一緒に食べたがね。

その女もそうだったんだけど、メンヘルだかメンヘラだか、精神病んでるのに引っかかったのがある。顔写真送ってくれて、けっこう良かったんだよなあ。けど、実は今はあの写真の時より太ってます、って。これは気をつけた方がいいぜ。実際会ったら、別人のごとく太ってた。その上、男と同棲していて、その男が引きこもりになって、女も鬱病になって、何とか男と別れたくて出会い系やってた、って。俺は、それは順番が逆だろうって。まず男と別居してから、それからだ、って言ってやったよ。ただね、いくら太ってても、元は割といい顔なんだ。となると、やりたくなるもんで、男と別れるのをちゃんと待ってたんだがね、あまりに時間がかかるんで、しびれを切らして、やめた。

出会い系にせよロクシィにせよ、精神病んでるやつの率は高いね。てか、最近増えてるね。

いや、俺だって、売れない頃におかしくなったことはあるんだ。だから、そういう奴にも無下に冷たくはできないんだけどね。あとは、田村女子大の服飾学部を出たっていう、遊び人風の女にも会ったなあ。まあ、そう顔も悪くなかった、ってか普通だが、ブスじゃなかったし、食事してたら、俺の前に会った男の話を始めたんだ。初めて会った日にセックスして、二回目は軽いSMをやって、目隠しされたりして、三回会って、その後連絡が途絶えたって言うんだけど、それって、遊ばれたんだろうと俺は思ったが、そんな話を聞いたら、自分だってやりたくなるじゃないか。だから、これから私とも、しませんか、とか言ったんだな。そしたら、うーん、つって考えて。

初対面からセックス持ちかけたのは、それが初めてだったから、俺も緊張したね。女のほうは悠然たるもんで、食事が終ると、じゃあカラオケ行きましょう、っていうから、行ったよ。女は二十代だったから、歌う歌が違うんだ。俺のは七〇年代歌謡曲だから。それで、終った頃には十一時近くて、そのまんま逃げられちまった。

大笑いなのは、「できるかな、できるかな」って、昔の教育テレビの番組みたいにずっと緊張してたから、翌日から腰痛がひどくなって、それから近所の整体医のところへ、六回くらい通ったかな。えらい散財。でも俺は、別にそういう女を嫌ったりはしない。あっちはどうか知らないが、出会い系仲間みたいな連帯感があるんだな。

美人に当たったことがある。メールでは、顔は大場久美子と竹下景子、なんて言ってて、三十二歳と書いてあって、「あっ、私、若い頃竹下景子、好きでした」って返事はしたが、まあ「どこが竹下景子だよ！」みたいのが来るんじゃないかと思っていたら、おおーっと、稲森いずみ似の美女が現れたのだ。もっとも…三十二には見えない。喫茶店へ移動して話をした。

「三十二……ですか？」

「いえ、あれは嘘で、六〇年代生まれです」

ということは、四十三から三十四だ。三十八くらいかと、俺は踏んだ。さてこの女、言うことがどうもとりとめがない。K大学に勤務している、と言ってたから、もしや俺の好きな助教授では、と思ったら、教授秘書だった。さらに、愛知県のお嬢様大学を出たとか（俺はそれがお嬢様大学だって知らなかった。2S1Kとか言うらしいが、その一つ）、家は代々みな名古屋大卒だとか、家の自慢はいいとして、スチュワーデスをしていたとか、政治家秘書をしていたとか、テレビ局にいたとか、今は心理学の大学院目指して勉強しているとか。その上、シナリオを書いてドラマにしたいとか。何か変だなと思ったが、まあ美人だし、いいか、ってんで、その日はお茶だけで、もう一遍、今度は夕飯で会った。話も割りあい滑らかに進むんだが、そう頭がいいわけでもないらしい。その後バーで飲んだりして、だがこの女、絶対に本当の歳を言わないんだよな。しかも、忙しがっていて、会えるのは月に一回、それでようやく三度目に、つきあってください、と言ったら、うーん、って。おいおい、出会い系で会ったんだから、三回目にはそれくらい言われるの普通だろうと思うんだが、それに毎回、俺が払ってるわけだし。それとも美人は奢られて当然とかいうタカビー女か？

この女は、その後喫茶店へ移って、本格的につきあうとどうなるのでしょうか、などと訊いてきた。

（そりゃあ、セックスするんだよ）

とは、俺も口に出してはいいにくかったから、

「まあ、私は奉仕されるのが結構好きで…」

と言ったら、さすがにそうカマトトでもないらしく、そうですか、と受け止めていた。しかし、年齢を聞かずにつきあうというのも変だから、もう一度訊いてみた。すると、

「先生、竹下景子さんがお好きでしたよね」

と言う。ええ、と答えると、

「いま、竹下さんって、おいくつくらいなんでしょう」

「ええっと…五十二くらいかな」

女は一瞬の間を置いて、少し下を向き、

「実は私、五十二歳なんです」

俺の尻から背中へかけて、ぞうっと寒気が上ってきた。

「……って言ったら、どうします？」

俺はなんとか寒気を追い払いながら、

「いやぁ……五十二ってことはないでしょう。とてもそうは見えないし」

と言った。

だが結局女は、少し考えさせてくれ、と言ってその日は別れた。別れた直後に、電車の中で携帯メールが届いて、

「今日は思いがけないお話で驚きましたが、私も真剣に考えたいと思います」

とあった。

二日経っても音沙汰がないから、こりゃまあ、食い逃げされたな、と思っていたら、夜になってメールが入った。

「あれから二日間、考えたのですが、結論が出ません。でも、こんなことで先生との縁が切れてしまうのは、とても残念です」

というんだが、俺は首をひねったね。それじゃどういうつもりで三度も会って、しかも三度目なんかけっこう高い料理食わせたんだが、まさか食事にありつくのが目的でもあるまいし、

「先生」とか言ってるが、別に俺の愛読者でもない。もちろん、誘われたのを断る度胸がなく

て嫌々来た、ってんでもないことは、見てりゃ分かるし、どういうつもりなんだ。それに、あくまで年齢を隠すところを見ると、どうも三十代じゃなさそうだ。四十代ねぇ……。つきあうだけなら、まああれだけ美人なら、四十代でも結構だが、結婚するとなるとちょっと俺も二の足を踏む。あっちがその気なら、それでもいいが。それとも、もしや本当に五十二歳か…。だいたい、このメールの様子だと、また会いたがってるみたいだが、こんな返事しといて、会ってどうしようってのか。

俺は、返事を書いた。

「そうですか。では、これから会っているうちに、本格的に」

と書いて、「本格的に」を消して、

「会っているうちに、つきあうことになる可能性はあるんですか」

と打った。するとほどなく返事が来た。俺は携帯のメールをちきちき打つのは苦手なんで、家にいる時は相手が携帯でもパソで打つんだが、一度、出会い系の女が携帯のアド教えてきたんでパソのメルアド教えたら、「携帯のアドレス教えてパソコンのメルアドを教えてきた人は初めてです」なんて言われたっけ。

さて、女から、また返事が来た。

「将来、つきあうことになる可能性ですか。どちらとも言えません」

何だよ、この女は！　ここまで言われて、デート続けるって、高校生じゃねえよ、俺は。四十過ぎ（推定）であれだけの顔なんだから、若い頃はさぞ美形で、男にもちやほやされたんだろう。デートしてもらえるだけで満足、って男も何人もいただろう。きっとその頃と同じつもり、っていうか、男は誰でもクラクラ、っていうか、まあそういう女なんだろう。俺は、もうしょうがないから、この女は放置することにした。

というのは、ロクシィに、ちょっと面白そうな女が現れたからだ。まあ当時は、ロクシィの日記といっても、適当にその日思いついたことを書くくらいで、それに、マイロクの連中や、よそから覗きに来た者がコメントをつけていた。その一人だ。

俺が、都内で講演をした時のことを書いた。まあ、俺なりの恋愛論みたいなもんだな。だから、聴衆は女が多かった。最後に質問が出て、若い女が何か、まあけっこうつまらないことを訊いたんだ。で、俺がその女のほうを向いて答えていたら、その女が、ひょこ、ひょこ、と首を横に曲げるんだ。

そのことを、ロクシィ日記に書いた。可愛いとでも思ってるのかねえ、むしろ頭悪そうに見えた、とかね。コメントがついて、そういう女って時々いますよね、とか、三つくらいついたかな。するとその女、じゃあ分かりにくいから、栃木の女ってことにしよう。住んでるのが栃木だったから。これが、

「きっとそういう女はフェラが下手」

ってコメントしたんだ。ちょっとこの女、面白いかも、とは思ったが、まあどこかのエッチなバカ女かもしれんし、そのままにしておいた。

ところが、それからもちょくちょくコメントが付く。それが、何となく面白いんだな。離婚した女らしくて、うちは貧しい、とか書いたりするんだが、そうバカでもない。新聞に、ある作家が文章を書いていて、赤信号で横断歩道を渡るか、って話で、子供が見ていたら渡らない、って言うんだが、俺はどうも、赤信号では渡れないたちなんで、子供が見ていたら渡らないってのはちとおかしくないか、って日記を書いたんだが、コメントつけた奴らは、あたしも子供が見てたら渡らない、ってこれはホステスので、俺は、なんか違うんだがなあ、と思っていたら、その栃木女からメッセが来て、どうもあのコメントはおかしいと思いましたが、議論になるのは嫌なので、って。それで、だいぶこの女に興味を持ったんだ。

まあ、さっきの「奉仕」で分かったかもしれないが、俺がフェラが好きってこともある。もっとも、どんな男だってフェラは好きだろうし、一般にもそう思われてるが、俺の大学時代の友人で、フェラがやだって奴がいたな。大学で文学の話なんかしたのはそいつだけだった。こいつは早稲田の大学院の英文科へ行って、今は地方の大学で教えてるが、何冊かミステリーも書いてる。フェラがやだってのは、病気が怖いみたいだ。いや、フェラでそうそうエイズとかになるかねえ、って言ったら、いや、ＳＴＤってのが怖いんだって言ってなあ。俺も調べて、ＳＴＤチェッカーっての通販で取り寄せたんだが、なんか小便を入れて送り返すとかで、面倒なんで放ってある。

だいたい、出会い系で会った女とコンドーム付けてやって、性病に罹る危険性と、交通事故に遭う確率とじゃ、後のほうが高いと思うんだが、違うかなあ。

まあ、メッセが来たから、その栃木女とは、コメントのほかにメッセでのやりとりも始まったんだがね。地元の短大を出て会社勤めしていたんだが、妻のある上司と不倫して、それがばれて会社にいづらくなって辞めて、タウン誌の編集をしていて、知り合った男と結婚して東京へ出てきて、娘も産まれたんだが、夫の借金癖がひどいんで離婚して、娘を連れて郷里へ帰って、実家のそばの安アパートに住んで、校正の仕事なんかしながら子育てしてる、って話だった。

それはいいが、この女のメッセが、やたら長いんだ。一日かけて書いたとか言ってて、ちょっとヤバい感じがしたのは確かだ。それに、離婚してからも、妻子持ちの男と付き合ったりしてたらしく、女の日記には、前の男への恨み言とか、書いてあるわけ。もっとも、俺の小説を読んだそうで、ポルノっぽいけれど、恋愛小説だと思いました、読みながらオナニーしました、って書いてあったから、俺は興奮してオナニーした。

とはいえ、総合的にみて、この女と関わるのはやめておくのが賢明だったろうな。だが、俺は飢えてた。編集者の女と最後にセックスしてから二年近くたっていたし、出会い系はそのころは全敗状態で、ヘルスへは行ってたが、素人女とセックスしたかったんだな。それでまあ、判断が狂った、っていうか、ロクシィの魔だな。

女が、写真を送ってきた。そうだなあ。昔のヌードモデルによくいたような、一歩間違うとブスだが、こんなのとセックスはご免こうむる、ってんでもない、って顔だった。それで俺は、

「この顔なら、セックスするのもやぶさかではない、と思います」

って返事したんだ。

「でも栃木じゃあ、そう簡単に会えないから、そういうこともないでしょうが」

って付け加えてね。

だが女は積極的で、

「それは問題ないです。私はときどき東京へ出ますから」

と言う。で、俺は、

「栃木から来るなら、上野あたりでお茶でも飲みませんか」

って書いた。もちろん、っていうか、俺はホントに、最初はお茶だけのつもりだった。だって、この状況で、初手から、ってのはまずい、っていうか、会って話して、そう危ない女でも

ないと分かったら、まあ鶯谷あたりのラブホへしけ込みゃあいいわけで、最初っから決めなくてもいいしね。

女は、そうですね、なんて言ってたが、二日くらいして、二十三日に上京します、赤坂のホテルをとったので、赤坂にしませんか、って言うんだ。俺はまあ、冗談めかして、じゃあ、万一の時のために、私は寝つきが悪いので、ハルシオンでも持って行きましょうか、って書いた。すると、雰囲気が、なんか緊張した、というか、思いつめた、っていうか、メールが来て、

「ハルシオンは、是非持ってきてください」

って。

俺は、ちょっとヤバいと思ったよ。確かに写真は見てるが、なんか危ない感じがする女だったし。けど意馬心猿ってやつだな、俺はオッケーしたよ。しかし、貧しい生活といいながら、けっこう高いホテルなんだよな。しかも女は、

「寝かせないかもしれませんよ」

とか言ってくるし、なんか俺は、わくわくするというより、怖くなってきた。

で、待ち合わせは青山ブックセンターの一階ってことになった。女は、

「もし遠くから顔を見て、気に入らなかったらそのまま帰ってくださって結構です」

とか言ってきたんだけど、顔の問題じゃないんだよね、この場合。しかしまさかこれに「は

い、そうします」なんて返事できないだろ。だから、

「いえ、そんな、女の人に恥を掻かせるようなことはしません」

って返事した。

当日昼過ぎに、「新幹線に乗りました」って携帯からのメールが入った。それでまあ、逐一、「いま埼玉県です」とかメールが入る。それはどっちかっていうと、危ない感じはなくて、俺もいくらか安心した。

女は東京で友達に会うとかの用事があるらしくて、それから六時にブックセンターだった。実を言うと、俺は熟女好きってことになるんだろう。以前、援助交際とかいうのがあって、女子高生売春するオヤジ、とか話題になったが、俺には女子高生とセックスする奴の気が知れないね。

ところが、時間より少し遅れてブックセンターへ入ったんだが、広いし、なかなか見つからない。ようやく見つけて、第一印象は、小さいってことと、まあ当然ながら、俺が見た写真は、精一杯よく撮ってたんだな、ってことだ。緊張していて気づかなかったが、貧しいという割にいい服を着ていて、それと妙に服装が若作りだったな。

まあ、女も緊張してたってことは、割り引いてやるべきかもしれないが、それからが恐怖の時間だった。まず食事をしようってことで近所のレストランを探しに出たんだが、歩きながら

話すことが、子供の頃の不幸話。母親が新興宗教に入っていて大変だったとか、父親が変人でどうこうとか。

それから、あんまりいい選択じゃなかったが、それくらいしか当面見つからなかったんで、ちょっと高級めの、自分で焼く焼肉店へ入ったんだがね。この女、全然焼くのを手伝わない。それが、怠け者だから手伝わないとか、タカビー女だとかいうなら、まだいいんだが、そういう感じでもなくて、ただぼおっとして、その間ぺらぺらと話していて、それが、自分が精神を病んで入院してたって話で、いや、それは俺も少し聞いていたからいいんだが、その時点滴を手の甲に差し込んでしていたのを引っこ抜いて死のうとしたら、あまり血が出ないんで、その辺にあったハサミで刺した、ってその傷跡を見せるんだ。

たいていの男は、とりあえず食事を終えたあとで、逃げ出すね。しかし、「女の人に恥を掻かせない」って言ったのと、逃げるとこの女、追いかけてくるとかそういうことになるだろうと思ったのとで、もう、罠に掛かったネズミみたいなもんだよ。それと、さっき見つからなかった時に、携帯から電話掛けてるから、携帯の番号は知られたけど、さすがに固定電話のは教えてない。

それから、ホテルまで結構距離があったんで、タクシーを拾って乗り付けた。もう逃げられない。部屋へ入ったが、まあ豪勢な部屋だった。俺は、ホテルに備え付けのコーヒーを飲んで、何とか、この女が実際はもう少しまともで、さっきは緊張していたのでおかしかったのだ、と思いたかったから、いろいろと話をした。女は、昨夜は一睡もできなかったと言う。俺は眠らないとダメなたちなので、大丈夫か?、などと言ったが、このところ、睡眠時間が少ないと言い、あなたへのメールを書くので徹夜したりした、と言う。

いったい、いつからそんなに眠らなくなったのかと訊くと、ロクシィを始めてからだ、と言うから、そりゃあロクシィ、やめたほうがいいな、と俺は言った。

だが女の話はまた怖くなる。前につきあっていた男の話で、一度捨てられて、しばらくたって、また会いたいとメールが何通か来たので、復讐のためにメールをプリントして男の妻に送りつけたというのだ。

「その男とは、どうやって知り合ったの?」

「テレクラ」

どうやら女は、離婚してからは、テレクラで男漁りをしていたらしい。ところが話はさらに怖くなり、夫の借金で離婚したというのは口実で、その頃既に不倫していて、それがばれないうちに借金を理由にして別れたのだという。

かなり、やばい女だ。まあ、俺は今は独身だから、妻に「通報」するみたいなことはできないわけだが、ここまで来たらもう逃げられないし、さすがに俺も、やることはやりたいって気分になっていた。ていうか、この時点では、まだその恐ろしさに十分気づいてはいなかったと思う。そんな話をしているうちに、十一時を回り、俺はシャワーを浴びてガウン姿で戻ってきた。そうすれば女もシャワーを浴びて、という段取りになるだろうと思ったのだが、またあれこれ話していても、どうも行く気配がない。俺は、

「シャワー、浴びてきたら」

と言ったのだが、席を立たないんだ。しばらく話を続けて、十二時を回ったころ、すっと立ち上がると、俺のところへ来て抱きつき、唇を吸ってきた。俺もそれに応じて、胸元を探ったりしたが、

「ダメ、シャワー、浴びてくるから」

と言ってようやく浴室へ行った。

どうやら女は、部屋へ入るなりいきなり抱きつく、とか、そういう劇的な展開をやりたかったようで、自分なりのシナリオがあるようだった。あるいは後で考えると、シャワーも浴びずにフェラする、つまり風俗でいえば「即尺」みたいな、獣的セックスが好きなところもあったようだ。

女がシャワーを終えて出てくると、もう時間も時間だし、俺も遠慮なく、ベッドの上に女を組み敷いた。その角度から見る女の顔は、ブスに見えた。その時女は言った。

「あたしをめちゃめちゃにして」

この女は万事芝居がかっていたが、どうもテレビのドラマを観るのが大好きだったらしい。俺は胸を愛撫して舐め回したが、女のあげる声がやたらでかい。ほとんど声をあげない女ってのは、男にとっちゃ、嫌なもんだが、この女のは、演技としか思えないくらいでかいんだ。まあそれはいいとして、それから俺はベッドの下へ降りて、クンニを始めた。これが、首を痛めないクンニのやり方なんだ。相変わらず女の声がでかすぎる。

ベッドへ戻ると、女は俺の足の下へ回って、フェラを始めたが、ちょっときつい。バキュームフェラに近い。ところがその後、女は俺の両脚を持ち上げると、いきなりアナル舐めを始めたから、驚いた。だいたい、俺自身、アナルをやられたのは初めてだった。ヘルスでも、何か気持ち悪い気がして、断っていたのだ。シャワーを浴びた後とはいえ、よほどよく中まで洗っておかないと、アナル舐めは臭うし、きついはずで、どうやら、相当好きものの女のようだ。だが、初めてのアナルは、思った以上に良かった。しかも女は俺の足の指までしゃぶり始めた。これも、初めてだった。それから、お互いに体じゅうを舐めあい、もちろん俺は女のあそこを指で十分刺激した。頃合いを見て、ベッドサイドのテーブルに入れておいたコンドームを出そうとした。すると女が、妙に厳しい声で、

「何してるの?!」

と言う。え？　いや、コンドーム、と言うまでもなく、女は分かっていて咎めていたのだ。

「あたし、変な病気持ってないわよ。それに、おかしなこと考えてないからね」

と言うのだ。後の方は、妊娠して結婚に持ち込む、って意味だろう。おい、待ってくれよ。その日初めて会った女と、なしでするなんて、それ、お互いにヤバ過ぎるだろう。俺は、そう言ったんだが、女は、

「あたしは、やなの」

「ちょっと待って。じゃあ、今までも、なしでやってきたってこと？」

「そうよ」

こええ。これがいわゆる、下層民のセックス事情ってやつか。俺は、その時から、ホントにこの女が怖くなった。ペニスは見る間に縮む。

「いや、それは、ダメだ」

ちょっと考えて、俺は言った。断っておくが、俺も女も、酒は飲んでない。どっちも、呑まない口だったんだ。酔ってそのままホテルへしけ込んで、生でやって妊娠した、なんて女をバカだなあと思っていたんだが、素面で、即会い即生、ってそれはないだろう。

俺は、「つけないと、俺にはできない」と言ったよ。もう、こうなったら動かない。ただもう、内心は、この女、こええこえええこえええ、って悲鳴あげてたがね。

女は、少し考えて、「じゃ、いいわ。つけて」と言った。少し安心はしたけど、もうすっかりモノは萎えてる。女はそれに気づいて、フェラを始めたが、勃ちきらないうちに出ちまった。女はためらう風もなくごっくんして、「慌てなくていいから」と言った。

それでまた最初からやり直した。それでようやく立ってきて、ゴムつけて、入れた。女はひときわでかい声をあげた。

俺は、なるべく後先のことは考えないように、腰を動かした。女は、演技としか思えないひいひい声をあげて、

「いじわる」

と言った。「何が?」と訊くと、

「分かってるくせに」

とか言うんだが、どうやらこれは、女のシナリオの中の台詞らしい。もうこれは、これまで最悪のセックスになりそうだ。絶対この女とはこれっきりだ、と俺は思いながら、女の脚をまっすぐにさせて、動かした。こうするとクリトリスに恥丘が当たるから感じるんだ。女は、

「ああ、いい」

と言い、俺が「このやり方、知ってた?」と訊くと、

「知ってたけど、今まで脚を伸ばさせてもらえなかった」

と言った。

ひととおりセックスが終って、俺は疲れたので寝ようとしたが、女はさらに性戯を求めてくる。「寝かさないって言ったでしょ」。

もう一戦したわけではないが、しばらくして女は、

「先生、あたしと結婚しない？」

と言った。俺は、ぞっとした。とにかく、朝になったらなるべく早く逃げようと思っているのだ。すると女は、

「あ、いい、返事しなくていい」

と答えたが、そんなことを本気で考えていたのか、と思った。

四時ころから寝ていたようで、起きると六時を過ぎていた。女はどうやら一睡もせず、俺が寝ているのを見つめていたようだ。前にも、女と寝ていて、ふと気がつくと女が寝ている俺をじっと見つめていたことがあった。あれは怖い。

部屋にはルームサーヴィスを頼んでいた。それが届くまで、あれこれ話していると、俺が、次に会う話をしないことに気づいて、女が泣き出した。

「あたしの、どこが、いけなかったの」

全部だ、と言ってやりたいところだが、とにかく、俺は早く逃げ出したかった。女は、浴室へ入ると、大声で泣き始めた。

その間に逃げ出すのも、却って恐ろしすぎる。ある程度宥めてからでないと、これは逃げ出せない、と俺は思い、女が出てくるのを待った。

女はいったん泣くのをやめて出てきて、ちょうど運ばれてきたモーニングサーヴィスの台の向こうに座ったが、すぐにまた泣き出した。

よく、出会い系やスパムメールで「わりきりの関係」などと書いてある。つまり恋愛感情などは抜きでセックスを楽しみましょう、という設定だ。しかし設定はあくまで業者の設定であって、女自身がそんな関係で満足することは実際には珍しい。その実例が、わりきりどころか、結婚まで口にして、いまここで泣きじゃくっている四十近い、子供もいる女だ。俺は、これを小説にしても、いわゆる「抜けない」小説になるな、と思った。ＡＶの世界では、あまりにリアルなレイプものとか、演技じゃない処女喪失ものは、観ているほうが萎えてしまって「抜けない」とされている。

しょうがない。俺は、女が逆上しないように、少しずつホントのことを言うことにした。

「初めて会った日から、生ってのは、そりゃムチャだよ」

「もう、しません。しないから」

また会って、というわけだ。俺は黙った。女は、

「いつから、あたしが嫌になったの？」

と問うのだが、昨日、食事をしている時から、などと言うと荒れ狂いかねない。俺はさらに口を濁した。

しかし、同じことだった。床に座り込んだ女は、

「死んでやる」

と言い出した。これは最近のことだが、新聞に、自殺する人はたいていそのサインを出しているが、「死ぬ」と言う者は自殺しないと思っている人が多い、という記事が出た。俺は、それは論理がおかしいだろうと思った。実際に自殺する奴より、「死んでやる」と言いつつ死なない奴のほうが多いと思うからだ。

「ここで死んで、先生に迷惑をかけてやる」

と言うのだ。俺はもう、青い顔をして黙っているほかなかった。

モーニングサーヴィスは、俺は食べたが、女は碌に食べなかった。考えてみると、この女、二晩くらい寝ていないのだ。女は泣きながら、

「面倒な女だと思ってるでしょう。早く逃げたいと思ってるでしょう」

と言う。もちろん思ってるよ。だが、そういうことを口にしても何もならないってことが、

四十近くなって分からないのかよ。

俺は、ここはけっこう高いホテルだろうし、ホテル代、半分は出すよ、と言って財布から五万くらい取り出したが、女は、

「やめて！　どこまでバカにするの！」

と言った。まあこれは、こういう場合の普通の対応だろう。俺は、まあともかく、下まで一緒に行こう、と言ったが、女は、先に帰って、と言う。それで、逃げる、という印象を与えないように、時間をかけて、帰る準備をした。

いよいよ身支度をして俺が帰りかける頃、女はドアに向かって右側のテーブルの前あたりで、後ろ向きになって座り込んで泣いていた。そして、左手をドアの方に向けて、指さすと、

「行って」

と言った。どうも芝居じみた仕草だなあ、と思う間もなく、女は立ち上がると、俺に抱きついてきた。俺は、肩を撫でて、女が離れると、ドアへ向かってゆっくりと歩き、振り向いて、

「じゃあ、元気でね」

と言い、静かにドアを開け、外へ出て静かに閉めた。

あとはもう、ダッシュに近い。早足でエレベーターに向かい、ロビー階に着くとまた早足で出口に向かい、ホテルを出るともう半分駆け出していた。

家にようやく辿りついて、寝足りないから寝ていたら、ブーブー音がする。携帯がマナーモードになっている時の着信音は、なんだか牛蛙の鳴き声のようだ。切ってしまえることもできるが、切ったと向こうが思うのが怖いから、放置した。それからも、間を置いて、携帯はブーブーと鳴り続けた。さらに、携帯メールが次々と届く。「どうして電話に出てくれないのですか」の類である。

夜中になって、ロクシィへログインすると、えらいことになっていた。俺のマイロクの新聞記者とホステスの一人の日記に、この女、「私はあなたのお友達と寝ました」などとコメントしているのだ。俺はとりあえずこの二人に、簡単に事情を説明するメールを送った。するとほどなく、新聞記者から電話が掛かった。

「まったくもう、見境なく女と寝ちゃいけませんよ、先生、あの女のコメント、変だったでしょう」

実を言うと、この新聞記者とも、寝そうになったことがあった。ロクシィでは、コメントしてほしくない奴を、アクセスブロックというやつで止めることができるから、とりあえずブロックするように言い、俺の軽率をさんざん詫びた。ホステスのほうは、ＳＭクラブに勤めていたこともあるツワモノだから、何も言ってこなかったので、俺から電話した。

「センセー、刺されないようにねー」

などと言われた。何しろ俺の住所は『文藝手帖』なんかに載っているが、まああの女がそんなものに目をつける恐れはない。ところで、ロクシィにいるということは、この女を招待した者がいるわけで、それはどうも編集者時代の友人の女らしいのだが、この女の日記もまた、不倫の記事がちょくちょく載っていた。事件から二日ほどで、女はロクシィを退会していた。

だがそれから一週間、電話のブーブーと、メールは断続的にやってきた。俺はたまりかねて、女を招待した不倫女にメールして事情を打ち明けた。だが、女もあっちの友達だけに、冷淡な調子だったが、

「田島さんは、前から、同じようなことを何度も繰り返しています」

ということを教えてくれた。その内、ネットで検索していた俺は、えらいものを見つけた。「教えてcho！」というサイトがあって、そこに登録して、ハンドルネームで分からないことを質問すると、誰かが答えてくれる。しかし、まともな質問の数はどんどん減っていって、バカな大学生が、明日のレポートに間に合わないというので、英文を掲げて、これの訳を教えてください、などと書き込んでいるのがやたら多い。管理者側でも、そういう質問には答えないように、と注意しているくらいだが、「芥川龍之介の『藪の中』のあらすじを教えてくださ い。明日までに必要なんです」などというのもあって、張り倒してやりたくなる。

その中に「作家の小野魁太郎氏の前の奥さんがどこにいるか教えてください」という質問が

あって、「それはこんなところで訊くべきことじゃないでしょう」などと返答がしてあった。日付を見たら、俺がホテルから逃げ帰った日だ。あの女に間違いない。前の妻なんか捜してどうするんだ。いつも、妻のある男とつきあって振られたら、妻に通報して復讐してきた女が、妻がいないとなると前の妻に通報しようってのか。意味ないと思うが。しかし同時に、その質問者の、これまでの質問も見ることができる。一年半ほど前には、精神を病んだ者同士の結婚で、子供は大丈夫か、というのがあった。さらに遡ると、不倫をしているが夫にばれそうだ、というのもあった。どうやらその予定された結婚はなしになったようだ。

事件から二週間近くたっても、携帯は鳴り続けた。俺は例の新聞記者に電話して、窮状を訴えた。この女は、

「いっぺん、出てみたら?」

と言う。それは、まずいだろう、こういう場合は、一切無視が鉄則だよ、と答えたのだが、それから二日後、昼間掛かってきたので、ひょいと出てしまった。

恨めしそうな声が、

「あら……。なんで出たの?」

と言う。

「なんでって、そう鳴らされちゃあ……」

「先生、あたしもう一度会いたいんです」

「いや、それは……」

女、いや田島優子は、本当に死のうと思った、と言うから、俺は、別に死んでもいいよ、俺はちっともそういうこと、気にしないから、と言った。それは本当だ。ていうか、こういう奴が本当に死んだためしはない。仮に死んだとしても、俺は寿命だと思うね。すると女は矛先を変えて、あの時は緊張していて、おかしなことばかり言ってしまったのだ、だからもう一度機会をくれ、と言う。それから、やっぱりロクシィにいたい、やめたくなかったのに、言うことを聞いて退会してしまったから、招待し直してくれ、と言う。

俺もつくづく、バカだと思う。いっそのこと、「セックスの相手がいない男は、どこまでも愚かになる」とかいう格言でも作りたいよ。まあ、端的に言うと、あのアナル舐めが、ちともういっぺん味わいたい、ってのもあったんだが、二週間くらい先に下高井戸で会うことにしようとしたら、もっと早いほうがいい、って言うから、三日後くらいに、会うことにしちまった。そして、再びロクシィに女を招待した。招待ってのは、メルアド入れて送信するだけだ。

その日、現れた女は、確かに、変な話はしないように気をつけていたようだ。その辺の大衆食堂みたいなところで昼飯を食べたんだが、しかしやっぱり、姓名判断の人にあなたの名前を見てもらったら、などと言いだす。俺はそんなもの信じてないからなあ。あとは、あの時勃起しないで射精したんで、病気じゃないかと心配になって医者に訊いたら、それは神経が別だから大丈夫だと言われたとか、なんでそんなこと思い出させるかねえ。

あと女は、風邪を引いたといって鼻をぐじゅぐじゅさせていた。しかし、

「風邪？」

「ええ、ひどいのをひいちゃって」

などと話したあとすぐ、

「あっ、でも、風邪だからどうとか、ってことはないから」

と、やる気満々なところを見せた。

俺は、使ったことのある、小さなラブホテルへと女を誘った。そこは、まったく簡素な作りで、ラブホらしいけばけばしさがまるでなく、気に入っていたからだ。中へ入って鍵を掛けると、俺は女の期待どおりに、いきなり抱きしめてやった。女は、ディープキスから愛撫のあと、俺のズボンとパンツを下すと、立ったままの俺のペニスをしゃぶり始めた。これは、結構、いいかも、と俺は思った。それから女の服も脱がせて、一緒にシャワーを浴びた。女は、俺のペニスを洗い、また咥えて、

「どうして欲しい？」

と訊いた。いや、別にどうもこうもないんだが。

ベッドへ移って、愛撫からセックス。射出してからも、女はフェラを続けた。ところが、ちと冷房が効きすぎていたようで、終るころには、俺も少し風邪を引いた気味になっていたが、もしかすると女のがうつったのかもしれない。

しかし女は、やっぱり少し変だった。

「あたしにとって、小野先生とセックスできるのは、キムタクとセックスできるくらい、凄いことなんです」

いやあ。五木寛之とか辻邦生とか、そういうハンサムで有名な作家ならいざ知らず、俺程度でそう思うあたりが、まあ困るんだがな。というか、俺は、やっぱりこの女とこれ以上関わるのはヤバいだろう、って気になっていた。だが、結婚はムリだと思ったのか、女は、「先生の妾にしてほしい」と言い出した。

「妾？　だって、俺はいまは独り身だよ。妻がいなくて妾は変だろう」

「だから、もしこの先、先生が結婚しても、妾として扱ってくれれば、いいんです」

どうも、熱に浮かされてるみたいだな。俺が作家だってだけで、この女には憧れの念が湧いて、セックスしたことでそれが増幅されてるんだ。だいたい、俺はそうもてる方じゃないしな。

そういえば、いまマイロクにいる「白い部屋」のホステスは、「ふたば」って源氏名で働いている。割と大きいクラブで、二度目にそこに行った時、突然俺の隣に座るや、「先生の官能小説、好きです」と言ったホステスがいた。ふと見ると、ややのっぺりした顔ながら、眼もと、口もとにふしぎな媚態を湛えた女だった。俺は彼女と言葉を交わしながら、ホステスにしては知性があると思った。だが、妙なことに、ずけずけと、「専門学校とか、出たの？」くらい訊く俺が、この女には、そういうことが訊けなかった。二十代後半くらいだろうか、と踏んだが、源氏名を「みやこ」といった。

次にそこを訪れた時も、ふたばとみやこを指名した。酒にそう強くない俺が、その日はどういう体の加減か、ぐいぐいビールを煽り、みやこ相手に饒舌になっていた。それで酒の勢いか、みやこに「愛人にならない？」などと言ったことがある。みやこはたちまち、「愛人？正妻は？」と言った。ああそうか、と俺は思った。

奇妙にもみやこは、半ば真剣な風をして、年齢は三十二歳、と打ち明け、俺との年齢差などを計算し始めた。そのうち、ふたばが席を外すと、少し声をひそめて、

「岸本俊司って、知ってます？」

と言うのだ。岸本俊司は、毒舌で知られる文藝評論家だ。俺が精魂込めて書いた恋愛小説を「いんちきポルノ」とか言った奴だ。もちろん、と俺が答えると、

「従兄なんです」

と言うので驚いた。

「えっ、こないだ、ほら、若い人と結婚したじゃない。結婚式とか、行ったの？」

「ええ、すごくお母さんにかわいがられていて、俊ちゃん俊ちゃんって」

俺は思わず、げらげらと笑っていた。宿敵ともいうべき岸本俊司の従妹に、愛人にならないかと提案していたのだから。

みやこは、東京の西の方で、実家の近くで猫と二人ぐらししていると言っていた。その猫の名がかわいかった。「ちゃるめら」っていうんだ。彼女はその猫を「だんな」と呼んでいた。

結局俺はその女には振られたんだが、さて、ホステスと結婚する度胸があったかどうか、あるいは岸本の従妹といったって、どういう女か、詳しいことまでは知らないままだったから、どうでもいいんだが、「妾」と聞いてそのことを思い出した。

田島優子は、ベッドの足元にある小さいテーブルの前に座って、俺が話すのを聞いているんだが、その時は妙に穏やかな笑顔を浮かべていて、おや、綺麗だなと思ったくらいだった。もしかして、この後の事件がなければ、俺はもう一度、この女と会っていたかもしれない。

ホテルを出て、駅へ向かい、切符を買おうとしていると、女が、

「ねえ、先生のウチへ連れてって」

と言うんだ。冗談じゃない。こんなストーカー気質の女に家なんか教えたら、どんな恐ろし

いことになるか。前にも、そろそろ別れたいと思っていた女と電話で口論になって、夜中にタクシーで乗りつけた女が、ピンポン鳴らすやらドアをどんどん叩くやら「開けて」と叫ぶやらで、えらい目に遭ったことがある。

「それは、ダメだよ」

「いい、あたし、もう、先生を脅す。先生が何か賞をとったら、その授賞式へ出かけていって、全部ばらしてやる」

ははは。賞かよ。俺に「文学賞」なんてものをとる目はないよ。しかし、しつこいので、じゃあ、ちょっと渋谷で遊ぼう、と言ったんだが、その頃から俺は、これは本格的にひいたかなって風邪気を感じていた。女の方は、俺にうつしたせいか、さっきより元気になっている。

要するに、女は俺を恋人扱いしたい、俺はセックスがしたいだけ、って、これ、ありきたり過ぎるだろう。だいたい、つい渋谷なんて言ったが、俺は最近の渋谷は、若者が多くて混雑し過ぎていて嫌いなんだ。案の定、その日もそうだった。それで歩きながら、俺はすっかり不機嫌になって、下を向いていた。すると女も気が付いて、そんなに嫌なら、帰りましょう、と言うんで、私鉄の改札まで来た。俺は、これで解放されそうだと思ったら、つい本心が出た。

「あそこで綺麗に別れてれば、あなたに対する気持ちだって違ってたのに、家へ来たいなんて言い出すから、これでぶち壊しだよ」

女は俯いて、

「もっと強く言ってくれれば良かったのに。だから、もっと強く罵って」

と、マゾみたいなことを言う。だから俺も罵り、そのまま、柱にもたれて俯いている女を置き去りにして、改札を通った。女が後をつけてきていないことを確認してね。

さて、再び同じことの繰り返しだ。しかも今度は、別の攻め手ができた。マイロクに招待しているから、女のマイロクは俺だけ。ってことは、女が日記を「友人だけに公開」にすると、俺にしか読めない文章が書ける。そこに、女は書き始めたんだ。といっても、俺へのメールじゃないよ。メールならメールで出せばいい。ブログってのが流行り始めたのは、それから少しあとなんだが、時どき、面白い文章を書く一般人が現れる。それで、おや、これは文才があるんじゃないかと思わせるんだが、結局はブログの上での文章力でしかなくて、それはちょっと、作家として解明したい謎なんだが、この女も、割りあい文章は上手かった。といっても、ひたすら自分の不幸を書くだけなんだがね。

当然、そこからは、俺の小説の主人公の名前なんか使って「私は藤井に出会って」とか、なるわけ。見なきゃあいいようなもんだが、ネットの困ったところは、ここに俺のことが書いてあるな、と思うと、どうしても見ちまうってことで、俺も例のクズどもの集まりの匿名掲示板「天の声」で俺のことが書いてあるのを見た時には、最初は怒り狂ったね。人に相談すると、見ないほうがいい、どうせあそこの有名人スレなんてのは、悪口だらけなんだから、って言われたが、見当違いなことが書いてあると、神経がささくれだつ。しかも、そうやって人を不快にするのが奴らの狙いなんだから、困ったもんだ。

女の、俺に見せるための日記は、毎日続いた。マイロクってのは、自分で招待したら切れなかったんだ。今では三ヶ月以上たったら切れるんだが、実はこれ、ロクシィで知った相手を改めて招待するって、最悪のパターンなんだよね。で、もちろん、女のほうも俺の日記は見に来るから、うかつなことは書けないってわけ。

二週間くらいしたら、激しい腹痛と出血で医者へ行ったら、四週間の初期流産だった、って書いてあって、ぎょっとしたよ。だけど、どう考えたって、嘘。まあ、俺が慌てて連絡してくるとでも思ったんだろう。俺は放っておいた。するととうとう、薬を呑んで死ぬという記事になった。

この女は、医者から貰った精神安定剤や抗鬱剤をだいぶ貯めこんでいて、それをばくばくと二百錠くらい飲み込んだというのだが、途中で一度吐いてしまったから、実際は八十錠くらいだろうが、とうとう譫《せん》妄《もう》状態になって病院へ担ぎ込まれた。なんでそれが分かったかというと、二日くらいこんこんと眠り続けて、目覚めた女が、ロクシィ日記に書き始めたからだ。もっとも、初期流産の件もあるから嘘ではないかと思われるかもしれないが、当初はまだ譫妄状態が残っていて、わけの分からない文章が、メールで俺に届いたりしたし、遂には、例の不倫女の友達の実名と住所まで書いて、「私に何かあったらこの人に連絡してください」などとあり、事実だと思われた。しかしだいたい、死ぬ気のないやつの自殺未遂などというのはこのようなものであり、本当に死ぬ気なら首を吊るとか飛び降りるとかするものだ。もちろん、飛び降りは、ビルの屋上からでも、電車にでも、人に迷惑をかけることは間違いない。

ところで、例の年齢不詳女だが、その後も、会いたいとメールをよこしており、俺も、やはりあの美貌は惜しいと思ったから、もう一遍会ってみるかと思い、一緒に歌舞伎座へ行ってから、浅草辺を散策した。途中で雨がポツポツ降り出し、二人とも傘を差したが、夜が更けるにつれて雨は激しくなって、九時過ぎ頃に、浅草の商店街にあるいかにもチープな喫茶店みたいな、しかし結構広い食い物屋へ飛び込んだ。しかし、やはり女は年齢を教えない。俺は、本当に五十二なんじゃないかと思えてきた。もっとも、後になって例の新聞記者に訊いたら、

「六〇年代生まれと言ったなら、そりゃ六〇年生まれですよ」

と言われた。なら四十四ということになる。そう言ったら俺が逃げ出すと思ったのか。しかし、出会い系経由で、四回会って、年齢も教えなきゃあセックスもさせないじゃあ、いずれにせよ会う意味ないだろう。で、俺はそれを最後に、その女からのメールは無視することにした。

さて、田島優子は退院してきて、どうやら頭が朦朧としている間に大変なことをしたようで、友達の住所まで書いているし、と反省めいたことを書いてきた。しかしそれもせいぜい五日ほどで、またしても俺への恨み言めいた日記が続くようになった。二月になって、俺は関西へ取材旅行に行って、某所のちょんの間へ行ってみた。ちょんの間ってのは、三十分から一時間くらいで売春するところだ。二階の、四畳半くらいの座敷へ案内されて、どんな女がいいかと訊かれて、まあ二十八くらいの、背の高くない子がいいなと言うと、昔で言えば遣り手婆ぁとも言うべきおばさんが、はい五分くらいで到着しますと言って出て行ったが、そういう仕事をしている婆さんというのは、これはまた独特の醜さを持っているもんだ。だいたいそういう部屋ってのが、汚いってんじゃないが、古いのは当然、二階だから、なんか傾いでいるような気がする。小さなちゃぶ台で、出された茶を飲んでいると、女が来た。これがまた不思議と、普通なんだ。ちょっと田舎娘風で、しかし田舎にいたら割合もてるんじゃないかというような顔をしている。体つきもいい。「こんにちはー」とか言って、じゃあ、ってんで二人でするする服を脱ぐと、蒲団だのシャワーだの、ないんだよ。座布団を二つ折りにしたのを二枚並べて、その上でするわけ。夏だったら、おしぼりででも汗を拭くのかね。ただ、この時の女は、ちょっと毛深かった。

風俗でひどい目に遭ったことは何回かあるが、最近ではまあ、大塚のあれだな。和風ヘルスって書いてあって、もちろんホームページ見て行ったんだが、写真見て、まともそうな女を選んで、中へ案内されたら、部屋じゃないんだよ。まるで大部屋俳優の楽屋みたいに、通路の両側に畳敷きのところがあって、それが薄い壁で仕切られていて、入り口はカーテンが掛かっているだけ、その部屋なんてもんじゃない一室へ入れられて、中は、あれで畳二畳分ないんじゃないかって空間。ピンサロに毛が生えたようなもんだよ。で、小さい机があってな、入ってきた女が、顔はいざ知らず、凄い固太りで、しかも韓国人。おい、和風ヘルスだろうここは、韓国ヘルスなら、そう書いてくれよ。これまたシャワーなし、体をウェットティッシュで拭いてさ、ゴムつけて、バキュームフェラ。知らない奴のために書くと、バキュームフェラってのは、とにかく射精させることを目的にでも開発されたのか、すぱっ、すぱっ、って、激しく吸って、それで出させちゃう。あまりいいもんじゃないんだ。

だいたい、風俗なんて、三日前から予定して行くなんてもんじゃない。まあソープなら、高額だからそういうこともあるだろうが、ヘルスなんてのは、夕方、ああむしゃくしゃするから行くか、とかあるいは、やる気で女と夕飯食べたら、女が、明日早いからとか言って帰っちゃって、おいおい、って感じで、収まらずに行くとか、そういうもんだ。家で、これから風俗行くかと思っても、仮にそこで自分で抜いちまえば、もう行く気がなくなるとかね。即物的だね、男ってのは。

さて、関西から帰ってきて、パソコンを開いて、メールチェックをしたが、大したものはない。俺みたいなあまり売れない作家だと、こういう時に、雑誌からの短編の依頼でもあると嬉しいんだが、それはなかった。俺程度の作家だと、ノベルスの書き下ろしなんかは歓迎されるが、K社とかS社の、昔なら中間小説といわれた雑誌には、なかなか載せてもらえないものなんだ。だから結局、同巧異曲のノベルスを量産するようになってしまうってわけで、その中でも当たるとシリーズものにした方が確実だからシリーズ化するんだが、分かってない読者は、「二匹目のドジョウ狙い」とかすぐに「天の声」あたりで悪口を言うんだよな。

さて、ロクシィへ入ると、あの女、またひときわ嫌な日記を書いていて、俺は胸糞が悪くなった。それこそ、見なきゃいいんだが、「二流大卒のポルノ作家は、早稲田くらい出ておきたかったと思っている」「親の脛を齧って作家修行、あげくの果てはポルノ作家」とか書いてある。

言っちゃあ何だが、早稲田とか出たやつが、東大出たかった、とか言うのを耳にすると、俺はすげえ腹がたつ。立教出の俺が、どれほど、早稲田くらい出ておきたかったと思ってるのか、分かるかてめえ、って感じだ。英語の試験さえなけりゃ、俺だって早稲田の一文くらい行けたし、『早稲田文学』とかにも短編載せてもらえたかもしれないと思ったことはあった。俺は大学出て石油会社に勤めたんだが、最初の研修でもう、すっかり嫌になった。ありゃあ、体育会だよ。それでも我慢して半年は続けたんだが、疲れ果てて、不動産やってる親父に土下座するみたいにして頼んで、親父の秘書ってことにしてもらって会社辞めて、シナリオ教室に通い始めた。だけど、そこで講師をしていた人が、シナリオライターってのは、シナリオの上手さだけじゃ通用しない、要するに映画やテレビは大勢で作るもんだから、どうやって仕事をとってくるか、他のスタッフとどううまくやっていくかも重要で、その点で俺にはシナリオより小説のほうが向いてるんじゃないか、って言うんで、小説を書き始めたんだ。

それからの十年は、もっと歳をとってからじゃないと書けない。今は、思い出したくもない日々だった。世間のやつは誤解してるが、本ってのは、出しゃあ売れるってもんじゃない。売れてる本が例外なんだ。比較的早く、純文学雑誌の新人賞の優秀作になった。けれど、それで次回作を書いたから載せてくれるってもんじゃない。そっちがまるでダメだから、小さい出版社から恋愛論の本なんか出したが、売れやしない。短編だけは集まったが、無名の新人の短編集なんか、出してくれないし、しょうがないから懸命に長編一つ書いて、徹底的に直されて、途中で、それならあんたが書けよと編集者に言いたくなったね。で、それが売れるかってえと、そうですらないんだ。友人の中には、自費出版だと思い込んでるやつもいれば、売れなくて青くなってる俺に、これで将来は渡辺淳一だな、なんて言うやつもいる。そんな、嫌な記憶がぶわっと甦ってきて、俺はその女をアクセスブロックした。別にブロックしたからって、日記が見られることに変わりはないが、女は俺の日記が見られなくなる。今までブロックしなかったのは、女を必要以上に刺激しないようにと思ってのことだ。

だが案の定、メールが来た。

「私を敵に回しましたね」。

何かが始まるんだな、と思ったが、もうどうでも良くて、俺は寝た。翌朝十時ころ、例の新聞記者からの電話で目が覚めた。

ロクシィには「足あと」って嫌なシステムがあって、誰かが誰かのプロフを見ると、足あととして本人には分かることになっている。女は、自分の日記を全体公開にした上で、俺と寝たとか、勃起もせずに射精したとか、あちこちで女を食い物にしているとか、果ては、どこで調べたのか、その新聞記者の社名と実名を書いて、これは愛人だとか書いていた。それだけじゃあ誰も気づかないから、俺のマイロクとか、時々コメントする奴とかのところに足あとつけて、そいつらが見るようにしていたんだ。しかも、ホステス「ふたば」が最近、ヤクザもんみたいな若造と仲良くしていて、そいつが見つけて、「天の声」にコピペしやがった。

全体としてけったくそ悪いのは当然だが、いちばん困ったのは新聞記者の件で、あなたが変な女引っ掛けるからこんなことになったんだ、って責められるし、さんざんだった。その日の夕方ころには、田島優子はロクシィから消えていた。

＊

俺は本の奥付にメルアドを書いているから、時々、ファンからメールが来たりする。手紙も来るんだが、一つ、凄いのがあったな。何だか、よく本を出しているK社に、直接女が持ってきたっていうんだが、編集者が、けっこう変わってますが、転送してもいいですか、って言うから、ああいいよ、って、届いたのを見たらたまげた。表書きに「fan letter」だけじゃなくて「love letter」とも書いてある。それが、なぜか帝国ホテルの便箋なんだ。しかも大阪の。中を開けて二度びっくりだ。二枚の便箋に、日本語の文章が横書きで書いてあって、その間に、英語の文章が書いてある。どっちも手書きだ。日本語の方は、だらだらと思慕の情（？）かなんかが述べてあって、「先生、私と通じていただけませんか」とある。英語の方は、私の父はボンボンで（ってそれが「bomb-bon」って書いてあるんだ）、母は赤坂の藝者で、とかあって、私はテクニシャンです、ってある。

いくら当時の俺が飢えていたって、これが気違いだくらいは分かる。それでも、実際に目にした編集者（男）が、

「いや、ちょっと変わった感じでしたが、そう変という風でもなかったですねえ」

なんて言うもんだから、一瞬くらい、返事を出す誘惑に駆られたね。

で、ロクシィに入ったころに、メールをよこしたのが、何でも、父親の妾が藝者置屋をやっていてそこで育てられて、おかげでＳＭ趣味になった、とかいう女だ。俺はＳＭの趣味はないが、別にそうディープなＳＭでもないようで、割に楽しくメールのやりとりをしていた。けど、どこに住んで何をしていて、歳がいくつか、とか言わないから、それとなく訊いてみると、俺と同年くらいの人妻で、子供もいるっていうから、ちょっとがっかりしたね。それでもまあ、と思って、やりとりしていたら、先生、今日は新宿へ映画の試写会に行くので、途中で会えませんかと言うから、ああいいですよ、と言ったら、

「こぶつきですけど」

って。

さる私鉄の駅前で待ち合わせたんだが、十歳くらいの男の子を連れてきて、着物姿で、割と大柄な、むしろ美人型の女性だった。喫茶店で、脇に男の子を置いて、けっこう際どい話もするし、俺の手をとって、

「先生の手って、指が長くてとてもきれい」

とか言うので、嬉しいやら困惑するやら。子供の脇で、いいのか、と思ったよ。俺は、夫婦仲が悪いんですかと訊いてみた。すると、そうではなくて、セックスは週に二、三回というか

ら、また驚いた。しかもダンナは、「順子の肌は絹のようにきれいだ」とか言うらしい。そしてこのＳＭ夫人は「あなた、私はこれから恋をします。でも私を信じてください」って言ったとか。ひたすら、危ない。けれどこれも意馬心猿で、その後、俺の家の近所まで来たから、喫茶店で話したあと、家まで連れてきた。けれど、夫人はすごく緊張していて、ぺらぺら、喋り通しで、内容も繰り返しが多くて、俺はだいぶヤバいと思ったから、そのまま、さりげなく帰した。不倫は嫌だしなあ。で、この女も、ロクシィに招待したんだ。

それから夫人は、先生を赤坂アヴァンシエルのデイユースにご招待してお茶でもご一緒に、と言い出した。俺は赤坂プリンスとかが、ラブホ代わりに使われているとは聞いていたが、デイユースってのがそれなのかな。しかし、どうもこの夫人の執着ぶりには、怖いところがあって、例の年齢不詳美女に「つきあってください」と言う直前に電話があったから、そのことを話して、断ったんだ。そうしたら、まあそうですか、なんて電話では言っていたが、その後、恐ろしい手紙が届いた。全編凄い皮肉だらけの文章で、まとめると「あたくしはラブホでご一緒なんて、貧乏臭いことはちっとも考えていません」みたいな感じだった。それで、女のほうからマイロクを切った。

年齢不詳女もそうだったが、俺だって何もセックスばかりが目当てだったわけじゃない。もう一度結婚したいとは、思っていた。話は遡るが、ロクシィには「コミュ」ってのがたくさんある。コミュニティの略だが、同好の士が集まる、というと聞こえが良すぎるから、まあ藝能人やら作家のファンクラブとか、社会、政治問題とか、クルマ好きの集まりとかで、誰でも自由に作れる。まあ、このロクシィってのは、若くて暇で、リアルな世界で友達がいないような連中を引きつけるようにできているよ。で、俺が入った時、見たら、俺のコミュがあった。てのは、まあ、俺のファンクラブかな。それは、嬉しかったよ。「天の声」みたいに、悪口ばかり書いてあるんじゃないかと思ったらそうでもなかったし。でも三十人くらいだったかな。人気藝能人のコミュなら、千人単位でいるからね。

それで、本人が来たってんで、一時的に盛り上がって、例のホステス二人が、先頭に立って盛り上げてくれた。そのコミュで、オフ会をやるって話になったんだ。オフ会ってのは、ネット上で知り合った者たちが実際に会うことね。実際に会うほうが「オフ」ってのは変だと俺は思うんだが……。それはまあ、十二、三人来たかな。ホステス二人が、ホステスってことは隠して、新宿の、変わった店でうまく切り回してくれた。ほかには、ロクシィに招待してくれた例の女がいて、あと一人、初めて会う女が来ていて、それはロクシィ上で写真を見て、美人だとは思っていたんだが、ちょっと遅れて現れたのを見て、はっとした。山口百恵をずっと上品にしたような、憂いを湛えた目つきで、絶世の美女といってもいいくらい。細川亜里紗って、藝能人みたいな名前だったが、ほとんど話す機会もないまま、仕事があるとかで帰っちゃった。年齢は三十一だったかな、フリーの編集者だという。

俺を囲むオフ会に、あんな美女が来るのは、どうせ何かの気まぐれだと思ったが、その日、プレゼントに貰ったでっかいゴジラの模型を抱えて帰ってきて、翌日、その女―細川亜里紗に、昨日はほとんどお話できないで残念でした、またどこかで、みたいなメールを送ったら、ええ、ぜひ、って返事が来た。

田島優子事件だけだったら、俺もつくづくわが愚かさを呪って憂鬱になっていただろうが、そうもならずに済んだのは、これがあったからだったんだ。しかし、三十一といえば、干支一回り俺より下だし、やっぱり興味本位だろうなと思っていた。それで会うことになったのが一月の末で、表参道のあたりで待ち合わせて、食事をしたんだが、仕事が忙しいらしくて少しやつれて見えたのと、声が少しくぐもったようだった。それと、村上春樹が好きだって言うんだが、それはなあ。春樹といえば、ノーベル文学賞にも擬される、俺からすれば雲の上の人みたいな作家だが、どうも、俺はねえ。嫉妬かもしれんが、そりゃあ、自分から精液を呑みたがる女が出てくるところなんか、唸るくらい上手いね。ただ、春樹の小説に出てくるその手の、セックス好き女は、だいたい、精神を病んでるわけで、多分春樹も、そういう女とつきあってたんだろうと思う。ただね、スカしすぎだろうと。しかし、売るのも作家の実力のうちってことにすると、とても叶わんがね。アメリカにいたりして、文壇つきあいもしないで、あれだけ売るんだから、凄いよ。

まあそのほか、けっこう知的な女らしかった。ラカンがどうとか言ってたな。あと、父親は大学教授だそうで、ああ、お嬢さんだなあ、って思ったよ。それから、喫茶店へ一軒行って、その後、ビルの地下にあって、表から階段を下りて入れるバーへ連れてかれた。バーのマスターが「亜里紗ちゃん、どうも」かなんか言ってさ。それにこの女、やたらとヨーロッパへ行っていて、それがパリとかだけじゃなくて、旧ユーゴスラビアなんかうろついているんだよね。なんか、タダモンじゃないって感じで。もっとも俺としちゃあ、その細川亜里紗に、男がいるかどうかが気になるんだが、今たまたまいません、って感じかなあと思ってたら、自分から話し始めた。

二年前に、意気投合して婚約した男がいたんだが、なぜかは知らないが破棄したって話だ。

「相手は、いくつだったの？」

「同い年です」

「ああ、じゃあ三十くらいか」

「いえ、先生と同い年です」

俺も薄々分かってきたが、世の中には、わざとこういう言い方をして男をどきっとさせる女がいるんだ。これで、もろ、干支一回り分の年齢差があるなんて懸念が吹っ飛ぶし、今は独り身だなと思うし、俺でいいのかな、とも思うだろう。断っておくが、俺も若い頃は、女の思わせぶりな台詞で煮え湯を呑まされたことはある。あっても、こういうのは効くんだ。

その日は、夜中の一時過ぎまでそこにいた。女は、その近所に住んでるっていうんで、少し広い通りまで俺を送ってきて、タクシーを拾ってくれた。もちろん、あわよくばこのままとか思ったが、これはちょっと大切にしようと思ったんだな。ただ、あとで気づいたんだが、この細川亜里紗、別に笑わないわけじゃないんだが、あはは、と笑うことはなかったように思う。

その翌日の夕方から、年長の女性作家と、新刊案内雑誌用の対談をしたんだが、

「あら、小野さん、なんかオーラが出ていて、自信満々に見えるわよ」

って言われて、そりゃあ細川亜里紗と一時過ぎまで呑んで(俺はそんなに呑まなかったが)、けっこういい感触だぞ、と思って、歩き方まで威風堂々としていたんだろう。

次に細川亜里紗と会ったのは二月の末で、場所は神楽坂だった。俺はよく、女と会う時は神楽坂を使う。始めは日本料理屋の座敷で、その後、ホテルのバーへ行き、やはり深夜過ぎになって、外濠通りへ出てタクシーを拾い、女は途中で降りた。あわよくば一緒に降りて、とも思ったが、そういう雰囲気ではなかった。といっても、険悪だったわけではない。男に迫られて、どんと突き飛ばした話などしていたが、さすがに俺も、二度目に会って、何かいい感じなら気づくはずだが、それがないから、これは変だなと思った。父親が大阪のほうの私大の教授

なのは確認した。それで、父方母方の親戚の話が多かった割に、自分が行った大学の話をしなかったのを、俺は勘違いして、叔父だかが行った、東京の、商業学校だった国立大卒だと思い込んだ。細川亜里紗は、少々精神を病んでいるところもあったようだが、特に日常生活に支障はないようだった。それにしても、その顔が何といっても美しかった。ただその美しさは精神を病んでいることと無関係ではなさそうで、別に青白いとかそういうのではなく、盛んに海外へ行ったりしているのだが、逞しいというより、多動障害風だなと俺は思った。

三度目は、歌舞伎座に誘ったが、これは趣味の違いが出て、西洋の新しいもの好きな女にはいかにも面白くなさそうだった。はねたのが九時過ぎていて、行く店の見当が付かず、女は携帯でネットを見たり友達に電話したりして店を探し出し、牛肉の店へ入ったが、その店がうるさいのと、女の携帯にやたらと掛かってくるのとで、あまりまともに話はできなかったが、女がこう言ったのは、堪えた。

「私は誰かが話をしたいと言えば、だいたいは会って、何が言いたいのか、聞いてみるんです」

つまり、男と二人でも割合気軽に会う人間だということで、俺と会ってるのも、誘われるまま、ってことらしい。

その日は、そんな雰囲気だったし、夜遅くなることもなく、普通に電車で帰った。渋谷の駅で、俺はけっこうがっくりして、ベンチに座ってぎゅっと目をつぶったら、少し涙が出たよ。

細川亜里紗が恐ろしい本性を現すのは、しかし、それから後のことだった。四月はじめに、細川から、旧知の編集者のH、また俺の本を褒めてくれてから、メールのやりとりをしていたが初対面のライターのK、あと細川の友人の女とで会う話が持ちかけられた。まあ、大勢で会うことで、二人だけで会った痕跡を隠そうとか、そういう思惑かもしれないと思いつつ、やはり細川亜里紗に会えるのが嬉しかったのだろう、俺は出かけた。細川の友達だという赤沢耀子という女は、やたら酒癖が悪く、次から次へと卑猥なジョークや駄洒落を乱発していた。そして俺が、

「まあ、俺もそろそろ次の結婚相手が欲しくてね」

と言うと、

「亜里紗ちゃ～ん、亜里紗ちゃ～ん」

とからかうように言い、細川亜里紗が、自分の幅広い交友関係に触れるような話をすると、

「小野さ～ん、亜里紗ちゃんの広い友人関係に嫉妬しているでしょおー」

などと言うのだ。断っておくが、これは細川亜里紗が赤沢に何か話したのではなく、ロクシィの細川の日記への俺のコメントは、誰が見ても細川に気があるという風に見えたし、赤沢もそれを見ていただけのことだ。俺がなぜそんなことをしたかといえば、それは歌舞伎座へ行っ

てからのことで、もう目はないと思ったからやけくそで付けていたのだ。

途中で、また細川亜里紗が、用事ができた、また戻ると言って中座した。するといったん、妙に静かになった。どうも赤沢の酔態は半分は演技で、細川に見せるためにしているようだった。ほどなくKが、

「分からないのは、細川さんと宮川為人の関係なんだけど、どうなってるの?」

と、誰にともなく訊いた。すると赤沢耀子が、

「寝てはいない」

と言った。俺の胸がどきん、としたのは、この時だ。

細川亜里紗は、その年代の美人としては普通かもしれないが、学生時代から既に男と同棲していて、それからもその種の男はいたようだ。実は最初に連れて行かれたバーの上のほうに、細川の部屋はあったのだが、そこに入ったことがあるのは、精神科医で、文藝評論なんかも書く坂本澪って、女みたいな名前の男だ、というのも聞いたことがある。まあ、三十過ぎた女の過去なんかいちいち気にしてちゃしょうがないんだが、宮川為人ってのは、なんかその頃、知的なミュージシャンとして有名になっていて、東大で講義をしたとかいう。それに、年齢が俺と同じだから、さては、と思ったんだ。もっとも、婚約していた男が「寝てはいない」はおかしいんだがね。

一時間半ほどで細川亜里紗は帰ってきた。その日の細川は、襟ぐりの大きい服を着ていて、かなり豊かな胸をしていることに、俺は気づいた。そして、問わず語りに、いまクルマを修理に出していて、修理はできたのだが、修理代の二十六万が払えず、このまま放っておくと車庫への置き賃が嵩んでしまう、と言った。俺は、

「貸しましょうか？」

と言った。さすがに細川は、いやーそれは、などと言って、その日はお開きになり、外へ出てタクシーを拾う段になり、赤沢耀子は、

「さあ先生、亜里紗ちゃんを送っていってあげてください」

などと言って俺を冷やかしていた。ただし赤沢の酒癖のことは前に細川から聞いていたので、俺には特に気にならなかった。

翌日の昼ごろ、俺の携帯にメールが入った。細川亜里紗からで、例のお金、やはり貸してくださいというものだった。

情けないが、俺は胸が躍ったんだ。少しね。だって、俺があれだけ細川に気があるってそぶりを見せておいて、それで借りようってんだから、実はけっこう目があるのかなと思ったからだ。もちろん、その辺のホステスとかその類の下層女なら別だが、大学教授の娘が、まさか踏み倒しもしないだろうし、仮に返せなくなったら、その教授に言えばいいと思ったからね。そ

れで俺はすぐ返事をして、指定された銀行に二十六万振り込んだ。

そのあとメールで、そういえば婚約していた男ってのは、宮川為人なんですね、と言ったら、とんでもない、それは大まちがい、単に口説かれたことがあるだけです、と返事があった。

それで気が大きくなった俺は、またしても細川亜里紗を食事に誘い、四月の末、下北沢で会った。もっともいつもやたら忙しくしていて、この日も、なんか真っ青で、目の下に隈作って現れた。南口からずっと行ったところの、二階へ上がったところにある洋風居酒屋だったが、割と上品で、食事もうまかった。それで、食べたり呑んだりしているうちに、細川亜里紗、顔色が良くなってくるんだよ。それでこの時驚いたのは、四十くらいのウェイトレスが、細川と、酒の話なんか始めて、その内、

「女優の×××に似てらっしゃいますよね」

かなんか言うんだ。俺は、美人ってのはこういう毎日を送ってるのかと、その時初めて知ったね。だってその四十がらみのウェイトレス、客への世辞とかじゃなくて、明らかに細川の美貌に驚いてるんだから。その内、料理人まで出てきたりして。いや俺だって、今まで、少しは綺麗かなって女と食事したことくらいあるけど、こんなの初めてだったよ。だって出てきた料理人も、細川の酒についての薀蓄以上に、その顔にぼうっとなってるんだもの。俺なんか、向かいに座ってるんだから、この美人の恋人？　とか思われて嫉妬のまなざしを向けられても良

さそうだし、それに俺、時には新聞に写真くらい載る作家なのにさ、まるでおいてけ堀よ。それで、そういう風に人と話し始めると、なんかますます綺麗になって、輝いていくんだよ。まあそれで満足したのか、店の人が去って、俺と話し始めて、ふっと、顔を輝かしたんだ。いや、笑ったのか、微笑んだのか、なんか知らんが、はらっと、表情が一瞬光るんだ。まるで後光が差したみたいでさ、もう、見てて、くらくらっとしたよ。それまで惚れてなくても、それで惚れる、みたいな凄さで、菩薩が顕現したみたいな感じだった。外面似菩薩《げめんじぼさつ》細川亜里紗。

あんまりぼうっとしたせいか、帰りに駅で、「これから、私の家まで来ませんか」なんて俺は言ったんだが、いえいえ、明日の用事があるので、なんて笑いながら言って帰っていった。魔性の女にしては、平凡な断り方だな。

次に菩薩に会ったのは六月で、ただそれはアクシデントみたいなもので、新宿へ来るフランスのピナなんとかいう踊りの公演のチケットを二枚とったが行く人いませんかと日記に書いていたので俺が名乗りを上げた。

しかし俺は梅雨のじめじめ天気にめっぽう弱くて、その当日はけっこうふらふらしていて、しかもそのダンスってのがつまらなくて途中で寝ちまった。菩薩も菩薩で、その後友人と何かイベント関係で待ち合わせがあるとかで、あまり良からぬ雰囲気のまま別れた。ただしチケット代は払わず、これは貸金のうちから引くと言っておいた。ところでこの菩薩、ここに至るまで、借用書を書くとも言わず、返済計画についても何も言わないのだよ。

ちょうどその頃、細川亜里紗は、本を書く仕事が入った、とロクシィで言ってて、それが精神分析の入門書だっていうんだ。何しろむやみと精神分析の好きな女で、大学で専攻したわけでもないのに書くわけで、編集プロダクション経由の仕事らしいんだが、それ以前にもそれ系の原稿を書いていたらしい。で、素人だから、学者の監修をつけるって話になって、東工大の助手に会いに行ったらしい。その助手ってのは三十六歳くらいかな。もちろん専門が精神分析なんだが、細川亜里紗はその研究室へ入って、書棚を見て、ああ、けっこう私の本棚とかぶってますね、か何か言ったらしい。バカが。三十過ぎて、まだ、自分がそういうことを言うと何が起こるか、分かってないんだ。これは後から聞いた話だが、案の定、その助手先生、細川亜里紗を口説き始めて、直接指導したいから研究室へまた来てくれとか言ってきて、またこの菩薩が、そういうのをかわすのが致命的に下手らしくて、編プロに対応を任せて、助手先生のメールに返事せずにいたら、先生激怒して、結局細川亜里紗がほとんど執筆したのに、助手先生の手が入って、細川の名は目次の後ろに「執筆協力」として小さく載っているだけ、もちろん印税も当初の予定よりがっくり減らされて、でも俺はその現物を取り寄せてみて驚いたね。入門書だから教科書みたいな作りなんだが、一文一文のあとにわざわざその助手先生の名前が書いてあるんだよ。すげえ執念っていうか、怨念っていうか。

七月になって、菩薩の日記に俺がちょっとしたコメントをしたのが発端になって、メールでの言い合いになり、菩薩が、

「私をそんな人間だと思っているのですか」

などと言うので、喧嘩するつもりなら、じゃあ借用証を書け、と言うところだが、俺も、まあまだ貸してから三ヶ月だし、やはりあの菩薩光線に迷っていたんだね、プロポーズのメールを書いちまった。

ちまった、といっても、これは俺が時々やる、ダメを承知のやけくそ求愛だ。それ相応に丁寧には書いたんだがね、返事は来なかった。

ところでその間には、直接俺とは関係ないんだが、ロクシィでは事件が起こっていた。それは「アマテラス」と名乗る女なんだが、俺はロクシィへ入ったばかりの頃、プッチーニ・オペラのコミュに入って、その管理人だったこの女を知ったんだ。それでそのうちマイロクにもしたんだが、この女はプロフにどうも本物らしい自分の写真を載せていて（プロフには自分の写真を載せるもんだが、好きな女優の写真なんか載せている男が多い。ネット上から拾ってきたものので、肖像権は侵しているんだがね）、まあ美人なもんだから、男のファンが多いんだ。その日記は、まあそうだなあ、やたら綺麗ごとが書いてあって、ファンであるマイロクたちが、「アマテラスさんの日記は胸にしみます」みたいな礼讃コメントをわらわらっとつけるわけ。

ただこの女は、俺のファンコミュにも入ってくれたんだが、オフ会には来なかったし、それ以後も、決して実名を明かさなかった。高校の英語教師だとか、吉祥寺辺に住んでいるとか、情報は入るんだがね。あとロクシィ中毒みたいで、ロクシィってのは、何分、何時間、何日以内にログインした、つまりそこを見たってことが示されて、幽霊会員なんかは「三日以上ログインしていません」となるんだが、アマテラスは、たいていは五分か十五分以内にログインしていて、しかも、真夜中の四時頃にロクシィ活動してるんだ。何か訳ありなんだろうなと思った。まあ、それだけなら、別に他人のことだからどうでもいいんだがね。

それがこの頃、ネットストーカーに遭っている、って日記で訴えて、だんだん情報を総合すると、やっぱりオペラのコミュで、もう六十くらいの藝術家で大学教授の「北極星」って名前で登録しているおじさんと知り合って、オペラを観に行った時にリアルで会って、その後二人でオペラに行ったら、その夫人ってのが嫉妬して、夫のパソコン使って自分をロクシィに招待させて入り込み、メールを送ったりマイロクに足あとつけたり、自分の日記で、アマテラスが夫と浮気をしていると書いたりしているらしい。しかも九つも分身がいてね。まあ俺も時々、別のメルアドで分身は作る。複数のアカウントを一人で持つのは禁じられているんだが、証明もしにくいしね。

実に可笑しいんだが、ロクシィ上三角関係ってのは、よく発生するらしくて、中には実際に会ってもいない同士でそうなることもあるらしい。ただ、俺とはメールのやりとりもしていて、それでも決して実名を明かさないアマテラスが、そんな、ロクシィ上で知り合った爺さんとオペラに行ったのは不思議だが、おぼこいから、爺さんには邪念はないとでも思ったらしいよ。もっとも、じゃあその夫人の嫉妬が妄想だったかというと、そんなことはなくて、その爺さん藝術家、アマテラスの日記のやたら古いのにコメントして、アマテラスを絶賛していたりするんだ。だが、アマテラスもさることながら、そのマイロクたちの対応も変で、攻撃しているのは夫人なのに、その夫人を監督できないのが悪いってんで爺さん藝術家まで攻撃し始めて、しまいには、勤務先の大学に通報するとか言い出すんだが、こんな件で大学がいちいち「あなたの夫人の行動について」注意するわけないのだがな。

まあすったもんだの挙句、北極星も夫人もロクシィから消えておしまいだったんだが、その後もアマテラス周辺ではこの種の事件が絶えなかった。その後、アマテラスは思っていたより若くて、三十くらいだと思える日記もあったんだが、そんな美人なら、なんでロクシィなんかで遊んでいるのか、それが分からん。それから俺は、ちょっとしたことでアマテラスと喧嘩して、マイロクを抜けちまった。

さて、九月になって、細川亜里紗からはまったく音沙汰がない。プロポーズはいいとして、金、どうなるんだ、と思ったから、俺はメールを出した。ところが返事がない。俺は携帯電話の番号は知っていたんだが、プロポーズの件もあるから掛けにくい、それに、貸してから半年たって、借用証を書くとも言わないのは、これは本格的にヤバい女じゃないか、と思ったから、父親宛に手紙を書いて書留で出した。三十過ぎた人間の借金で父親に通報するのは変だって奴もいるが、三十だろうが、貸間を借りる時に保証人になるのは家族だからね。ところがこちらも、十日たっても何の返事もない。俺は、しかるべき筋から、父親の電話番号を入手して、掛けた。すると、女が出た。母親は東京にいると聞いていたからちょっと驚いて、

「細川亜里紗さんのことで……」

と言うと、

「あら、ちょっと待ってくださいね、いま寝もうとしていて……」

と言って、父親を呼んできた。すると、最近は大学へ行っていなくて、手紙も読んでいなかったと言うから、じゃあ行って読んでください、と言って切った。

菩薩の両親が、大阪で結ばれたことと、母親が東京に職を求めて、父親は大阪で職を得て、菩薩は東京の母親の下で育ったことは聞いていた。だが、離婚していて、父親には新しい夫人がいるのは、全然知らなかった。両親については話さないというのなら、まだ分かる。だが菩薩はそのロクシィ日記で、仲睦まじい両親の姿を描いたりしていたんだ。俺は、菩薩の心の闇の深さを思ったね。

三日ほどして、父親から手紙が来た。「あの子は昔から金銭にルースで」とあり、自分にはどうにもできない、と書いてあった。ところがこの父親と菩薩は、年に一回、二人で国内旅行をしているらしいのだから、驚く。しかし、父親から菩薩に連絡があっただろうに、菩薩からの連絡はない。俺はもう一度メールを出して、返済の話を進めないなら、少額返金訴訟を起こす、と書いた。五十万以下なら簡易裁判所で起こせるからね。するとほどなく、女から電話が掛かった。

それからが大変だった。忙しくてメールは見ていなかった、ちょうど父方の祖母が死んだところで父も大変だった、電話してくれれば良かった、という言い訳だ。それが本当だとしても、半年間、借用証も書かず、会っていた当時も返済の話は全然出なかったのは事実だ。しかしこれが恐ろしい女で、ありとあらゆる理屈と長広舌で、あたかも俺が悪いかのように話を持っていくんだ。俺も、金を貸しておいてプロポーズするというのは外聞が悪いかなとは思ったが、何も高度経済成長以前の、大学も出てないプロレタリア娘相手じゃなし、だから俺が悪いってことにはならんだろう。俺が父親の手紙にあった「金銭にルース」を言うと、「自分のことは棚に上げて」などと父親を攻撃し始める。それから、メールと電話とで、まず借用証を書け、返済はどうする、の相談だ。

とにかく、一言言えば十言返ってくる女で、まあ女ってのはそういうものかもしれないが、たとえば二、三度セックスして、俺が振った、ってんなら、二十六万くらい手切れ金にちょうどいいかもしれんが、何もなしで振られていて、二十六万タダ取りって、それはないだろう。俺が「あなたは信用できない」とメールに書けば、「そういう暴力的な言葉を使うのはやめてください」と来る。何が暴力的だ。左翼かぶれは、すぐにそういう言葉を使う。それからこの菩薩が、二言目には、俺に直接会って話したいと言うんだが、だいたい、こういう局面でそういうことを言う奴は、泣き落としか、情に流そうとするかに決まっている。だいたい、その菩薩オーラにやられた俺だ、会って目でもうるうるさせられたら、どうごまかされるか、分かったもんじゃない。

例の新聞記者に電話して話したら、相当呆れられて、

「ケチなあんたが、美人だとそんなに貸すんだねえ」

とさんざんバカにされた。会いに来ると言っていると言うと、

「その女ならそれくらい言うと思ったよ」

だって。見抜かれているよ。

結論は、いまカネがない、だ。どうもこの女、街金にはもう借り尽くしているらしい。以前は大手の広告代理店に勤めていて羽振りがよく、それで外車なんか乗り回していたのが、辞めてからも浪費癖が治っていないってことらしい。俺は、

「お金がないなら、あなたは友達も多いんだから、私のような知り合ったばかりの、あなたを信頼していない男から借りているより、友達から借りて返したらいいのではないですか」

とメールしたが、

「友達はみな収入が少ない」

と言うばかり、俺は、じゃあ母親に連絡しようか、と言うと、

「ムダだと思いますよ」

と来る。もっとも、母親と仲が悪いわけじゃなくて、俺と最初に会った時も、母親と一緒にどこかへ出かけた後だったようで、要するにこの両親とも、自分のアクセサリーとしてこの一人娘を利用するが、金銭的には援助しない、ないしはこの菩薩が、あると使ってしまうくらい金遣いが荒い、とかのどれかで、いずれにせよヤバい一家だ。

とりあえず、借用証は書いてもらい、返済の相談になったが、カネがないと言う。挙句の果て、菩薩が出してきたのは、「物納」案だった。アマゾンという、ネット上での書籍通販のサイトで、カードが使えるからというので、そこからのギフトとして、毎月数万円分ずつの本を贈るというのだ。俺は、踏み倒されるよりはと思って承知した。しかし、現金ではないが物納なら返せるというのが、その物が女が持っているものではないだけに奇妙ではある。もっとも、物納になったのも、俺が日本国語大辞典が欲しいと言っていたからで、それなら、この機会に

入手してもいいかなと思った。

「贈り物」は、毎月二冊くらいの割で順調に届いた。しかし、日本国語大辞典全部を買っても、まだ八万くらい残っていた。それで俺は、買いたい本を書き出して女に送り、結局それが全部届いて、完済ってことになったんだが、最終的には、特にいまどうしても欲しいわけじゃない本を八万円分くらい押し売りされたようなもんだった。それくらいなら、セックス一回三万円で、二回分くらい体で返して貰いたかった気もするぜ。

だから完済になったのは、翌年の六月ころだったが、その四月から、女は女性雑誌の編集部に勤めるようになっていて、それならその時から現金で返せそうなもんだが、俺も、変に刺激すると怖いと思っていたし、黙って物納で我慢した。

さて、その冬ごろから、ロクシィにまた女が現れていた。俺も懲りない奴だと思うだろうが、実際、セックスの相手には不自由し続けていたからなあ。その女は、時々足あとが付いていたので見に行ったら、プロフに、俺のファンだと書いてあった。それで俺は、彼女の日記にコメントした。「ああ、幸せ」と女は書いていた。しかし、その女は、載せてある写真はブスだったし、日記もエロ文が多くて、まさかこれと関わり合いにはならないだろうと思っていたんだ。もっとも逆に、「大学生・院生」ってことになっていて、静岡のほうにいる三十歳だったから、俺はてっきり大学院生だと思っていて、前の専門学校卒の栃木女に比べたら、まだ安心できると、油断した、ともいえる。

しかも、フィクションだと言っている日記も、どこまでフィクションだか分からないんだが、なかなか達者な文章だった。ただまあ、気違いじみていたのは否めないがね。そのうちメールもするようになって、院生じゃなくて大学生だと分かったんだが、なんで三十で大学生なのか、それは気になった。

その女と初めて直接顔を合わせたのは、三月に俺の新刊が出て、霧島吾作と二人合わせてサイン会をやった時のことだ。霧島吾作はエッセイストで、その頃なぜか「不倫評論家」と名乗って、『男だって不倫したい』って本を出したところだった。編集者がセッティングしたもので、俺は吾作とは、いっぺんパーティーで会ったことがあったから、

「あんな本を出して、奥さんは大丈夫なんですか」

とメールを出したら、

「いや、いま離婚の話し合い中です」

って返事が来た。

サイン会の前に、少しトークショーをしてくれと言われて、俺はどうも、人前で話をするのは苦手なんだが、編集者の命令には逆らえないから引き受けた。当日、会場の書店へ行って、控え室へ行ったら、霧島吾作の脇にその奥さんが座ってるんだよ。離婚どころか、夫が変な発

言をしないか監視に来てるって感じで、何か暗い顔をして、じとーって感じで俺たちの話を聞いてるの。怖かったね。

それでトークショーでは、俺は、男の不倫ったって、そりゃ昔っからやられていることで、そういう場合は、もし妻に経済力がないとかわいそうだから、経済力のない女なら、二人養うくらいの覚悟とか、多額の慰謝料を渡すくらいの経済力がなきゃ、いけないと思うね、って言った。我ながらつまらんな、と思ったが、本当なんだからしょうがない。

それからサイン会になって、サインしながらふと見ると、俺の前に並んでいる三人目くらいに、眼鏡を掛けて、若いけれど妙に大人びた女がいて、俺と目があうと、にこっ、としたんだよ。それで俺の前まで来たら、

「市橋です」

って。これが例の三十歳の大学生だった。なんだ、けっこうかわいいじゃないか、と俺は思った。市橋多佳子は、その時俺に、封筒を渡した。その後吾作のほうでもサインを求めていたが、動きを見ていて、何か、変な感じ、つまり気違いじみた感じが、ないんだよね。

まあ、それが落とし穴だっていうか、例の年齢不詳女だが、あの時に、二年くらいのつきあいの女友達とグァム島へ旅行に行ったんだが、帰りの飛行機の中で、その連れが病気になって、日本へ帰るとすぐ入院して大変だった、っていうんだが、その連れが実は人格障害で、二

年つきあっていて分からなかったっていうんだ。

その頃、精神障害系の言葉がやたら流行っていてね、ＡＤＨＤだとか。むやみと当てはめるのはよくないんだが、人格障害ってのは、どうも潜在的に多いようで、あの田島優子もそれだと思うし、細川亜里紗も、ことによるとそれかもしれない。

サイン会が終って、控え室にいたら、次に書く本の担当編集者が入ってきた。これが美人なんだ。細川亜里紗みたいな特殊美人じゃなくて、正統派美女。ただ、何となく頭が弱そうな感じがする。もうその時点で、四年くらいのつきあいだったかな。俺が離婚した時に、こいつがメールをよこして、

「先生のような素敵な方なら、すぐに次の女性が見つかりますよ！」

かなんか、ヨイショしてきて、石井摩耶って、女優みたいな名前なんだが、年齢はその当時で二十九くらいかな、俺は、

「じゃあ石井さんにはその気はないってことですね」

って返事をした。そしたら、

「私は小野先生をとても尊敬しております」

って言うから、

「尊敬はするけれど恋愛対象ではないってことですね」

と返したら、

「すみません、冗談なのはよく分かっております」

だって。

その石井摩耶が入ってきたから、俺は吾作の手前、ちょっと自慢だったね。だからわざと、

「私、この人に振られたんです」

って言ったら、石井のやつ、

「いえいえ、とんでもない」

って、振っただろ。それで、わざと石井摩耶と一緒に「お先に」って出て、その辺で夕飯を食べた。その時もちょっと口説こうとしたんだが、かわされた。

帰りの電車で、例の、市橋多佳子の封筒をようやく開いたら、「もし先生の姿を見て、その気にならなかったら渡さないつもりでした」って、まあラブレターなんだよね。その頃はもう携帯に直メしてたのかな、それで、今度東京へ来たら会おうってことになって、例によって神楽坂の入り口のとっつきに近い鰻屋を指定した。

夜の六時半の約束だったかな、行って、まだ来てないだろうと思って、中をちょっと覗いてから、携帯にメールして、外で来るのを待っていたら、店員が出てきて、あの、中で女の方がお待ちで、って言うから、奥へ行ったら、いたんだが、その店の一階は割と狭くて、四つのテ

ーブルの間に仕切りがある。その左奥の席にいた、市橋多佳子が、その日は黒いスーツに細い眼鏡を掛けていて、はっとするほど綺麗に見えた。しかも静岡から出てきたばかりだというのに、そういう旅の汚れが感じられない。俺は向かいに座った。市橋は、微かに笑みを浮かべている。

適宜、半初対面の挨拶ののち、市橋は、クリアケースに入ったレポート状のものを手渡し、

「いま読んでも、あとで読んでも構いません。私の履歴です」

と言った。俺は三枚ほどのそれをざっと見たが、要するに、男遍歴の記録だった。十五歳の時に教師と初セックス、予備校の教師に憧れて、その男のいる東北の大学に入学、そして退学して、なぜか群馬で三年くらい浪人ののち、今いる大学へ入ったのだという。それにしては二、三年、謎の期間があるのだが。俺はその奇妙な「履歴書」を見て、危ない女だな、というのと、面白い女だな、というのがごっちゃになって頭に浮かんだ。ただ、例によって「面白い」の方へ天秤が傾いたのは、例の意馬心猿のなせる業だ。

うな丼を二人で食べた。ここのうな丼は、そう美味いわけじゃないんだが、場所がいい。その間俺は、その履歴書を取り出したりしまったりしながら、彼女の波瀾に富んだ来し方についていくつか質問した。女の声はちょっとハスキーで、少し色っぽかったが、三十にしては、どうも生活の苦労をしていないようで、若々しかった。何より、あの田島優子のような異常な言

動はなかった。

食べ終わって、お茶を飲んでから、

「これから、どうする?」

と訊くと、市橋多佳子は、笑みを浮かべながらはっきりと、

「セックスしたい」

と言った。俺が村上春樹を理解したのは、この時だ。そういう女は、いるんだなと思った。だが、それはたいてい、精神のどこかを病んでいる。春樹はそこをちゃんと書いていないから、誤解されるんだ。

いや、俺は嘘を書いた。春樹のことなんか考えたのは、後のことで、その時はもちろん、ペニスがむくむくと頭を擡《もた》げて、どこへ行くか考えて、

「じゃあ、渋谷へ行くか」

と言うと、女は頷いた。

地下鉄で渋谷駅まで行き、道玄坂を登っていって、百軒店のところを折れずにそのまま行くと、大きめの四つ角に出るから、そこを右へ折れると、ホテル街になるんだが、そのとっつきに、日本料理屋みたいな連れ込み宿がある。そこへ入った。この場合、部屋へ入るとすぐに立ったまま抱き合ってキスをした。まるで旅館みたいに、大きな居間と、和室の寝間があって、

さらに広い浴室がついた部屋で、むやみと広かった。ところが困ったのは、暖房がやたら暑いことで、四月の始めだというのに、冬なみの暖房なんで、二人ともすぐに大汗になってしまい、暖房の調節装置を探したんだが見つからず、仕方なく寝室の窓を大きく開けた。

まるっきり、旅館を改装したラブホで、その大きなテーブルに向かい合って話してから、二人で風呂へ入ったが、脱衣場も大きく、女は手早く俺の服を脱がせたが、ちょっと驚いたのは、女のあそこに毛がなかったことだ。女はそこでペニスにしゃぶりついた。それから浴室へ入ったが、今度はなぜか妙に寒いのには閉口した。またしても女は、立っている俺のペニスをしゃぶり続けるんだが、寒いからどうも萎える。風邪を引いちゃまずいから、風呂は早々に上がったが、そのまま寝室へ行く。蒲団は最初から敷いてあるから、浴衣に着替える間もなしに、女は横になった俺のペニスをさらにしゃぶる。俺はとうとう、行っちゃったよ。すると女は「勝った」って、何だよ、それ。

それから愛撫になるんだが、おやっと思ったのは、女の口から鉄の臭いがすることだ。鉄の臭いってことは、血か。肺病じゃないかと、俺は不安になった。だから、あとはなるべく口は吸わないようにしたんだが、さて、いざ入れようとしたら、始まったんだよ。付けないでくれ、ってやつが。

「あたしは妊娠しにくいんです」

これはこの手の女の決まり文句だ。

「できたら一人で育てます」

無茶言っちゃいけない。ただ、田島優子みたいに、怒ったりはしなかった。だが、

「あたしは好きな人の子供しか産むつもりはないし、好きなのは小野さんだから、もう小野さんの子供を産むしかないんです」

とこう来ると、やっぱりヤバい女なんだよ。また例によって説得して、コンドーム付けて完遂した。女はそれで安心したのか、怖い話を始めた。

今の大学で、二年ほど前に、当時五十くらいの聖書学の教授を好きになって、告白したら、「俺の奴隷になるならつきあってやる」と言われて、それで剃毛されて、ＳＭの奴隷になってた。もちろん、教授は妻子持ちだ。しかしとうとう教授に振られて、ある日教授の研究室へ行って、教授が来るのを待って、窓から飛び降りようとした。教授はそれを止めようとして、

「危うく無理心中になるところでした」

以後、女はその教授の研究室に近寄らないようにと大学からお達しを受けたというんだ。教授はお咎めなしだったようだ。

やっぱり、俺は逃げ出したくなった。だが、お泊り料金を払っているし、是が非でも逃げ出さなきゃならないほどではないと思ったが、怖かったね。

俺が疲れて寝てからも、女はあれこれ、俺の体にちょっかいを出していた。

もっとも、田島優子ほどにはひどくなかったので、翌朝はその近辺の喫茶店で朝食としてサンドウィッチとコーヒーを摂ったが、俺としては、またこの女と会うかどうか、思案の分かれ目だと思っていたね。ところで、ロクシィで見た写真がひどくブスだったのは、その頃、例の教授事件のあとで精神を病んでいたからだそうで、ただ俺は、口の鉄の臭いが気になったから、さりげなく体調のことも訊いてみた。それと、向精神薬も呑んでいるというから、なんて薬？と訊いたら、「ジュプレキサ」と言った。俺はデパスとかセパゾンとか、神経症薬の名前はけっこう知っていたが、それは聞いたことがなかった。

井の頭線に上がるところで女と別れ、家へ帰って調べたら、ジュプレキサはメジャー・トランキライザーだったから、少し慌てた。神経症の薬はマイナー・トランキライザーだが、メジャーの方は、統合失調症の薬だからだ。

それからも、市橋多佳子とは、メールしたり、電話したりした。電話に出る時は、妙に不機嫌な、くぐもったような声を出していた。五月にまた会うことにしていたのだが、何か俺を怒らせるようなことを言ったので、なしになり、六月に延期したが、これは実は半分くらいは俺の言い訳で、実はその頃、取材で知り合った、霞ヶ関の四十代の美人官僚から、プライベートで会いたいと言われていて、何も頭のおかしい女ともう一度会わなくても、という状況だったのだ。ところが、その美人官僚は、会ったはいいが、そのまま、明日の仕事があるので、と帰ってしまい、俺はまた、市橋多佳子と会うことにした。勝手なもんだ。

けれど、市橋は、俺が自分とつきあい続ける気がないのに気づいたらしく、わざと俺を怒らせたり嫌がらせたりするようなことを言ったりやったりして、二度目に渋谷の、前よりはずっと狭いラブホの部屋に一泊して、それっきりになった。それから市橋は、ロクシィでも、男に振られたことを仄めかすような日記を書いていた。

ところで、前の年に戻ると、俺は細川亜里紗の日記も、時々見ていたが、秋のある日、「フランスから買ってきたお土産をまだ渡せていない。そこで見ているマイロクのあなたですよ」と書いてあった。ちょうど借金騒ぎの頃、小野さんにと思って買ってきたお土産も渡したいと言われていたので、ああ、これは俺だなと思って、連絡をとり、一年半ぶりくらいに、下北沢の例の洋風居酒屋で会うことにした。まあ、物納とはいえ返ってきたわけだし。久しぶりに見る細川菩薩だが、やっぱり美しいんだよ。それで、金属製の栞……ブックマークとか言うのか、それをくれて、今度またフランスへ行くんですが、お土産買ってきますから、あれこれ、これあれがあるんですけど、どれがいいですか、なんて言うもんだから、俺もバカというか、この時、細川亜里紗に関して、まだ希望あるかも、あの時はプロポーズに返事しなかったけど、三十二になったし、気持が変わったのかも、なんて思ったのだよ。自分に「死んでしまえ」と言いたいよ、俺は。

その頃、某劇団から、古典芝居の招待状が来ていて、これは俺ともう一人が行けるんだ。それで俺は菩薩を誘った。相変わらず仕事が忙しいとかで、タクシーで劇場前まで乗り付けて、タクシーの運転手が道を間違えたとかぶつくさ言っていたが、幕間に、俺は、ああ、綺麗な女を連れているっていいなあ、と思った。なんかこれって、田舎から出てきて、ああ東京は凄いなあとか思ってるのと変わりないよね。何でも、細川亜里紗のどっちかの祖母は若い頃凄い美人で、求婚者が門前市をなしたんだが、大学出じゃないとダメだとか言われて、その当時だから大学出なんてそうそういなくて、ある若者が門前で泣き崩れたとか、そういうことをロクシィ日記に書くんだよ。それでまた嫌味にも、美形の血は伝わらなかったようで、なんて付け加えて、するとまた、そんなことないです、美人遺伝子はしっかり伝わっていますよ、なんて、当人ご期待通りのことをコメントする男もいてな。

だから、どう見ても性格のいい女とは言えないんだよ、全体に凄いスノッブだし。だが、あの顔はメデューサかセイレーンかね、見ると魔法にかかったみたいになるんだ。だから、あの借金騒動の時、会わなくて正解だったよ。で、愚かな希望を抱いた俺は、また誘ったんだ、芝居の時はあまり話せなかったので、か何か言ってね、例の神楽坂のウナギ屋。ところが、携帯に、仕事が長引いている、ってメールが入って、菩薩が到着したのは一時間くらい遅れていたね。その日は菩薩、また機嫌が悪かったようで、余命いくばくもない子供たちの写真を撮るのに同行したって言って、携帯に入ってるその写真を見せるんだよ。それで、

「この子たちは一年後にはいないんです」

って。俺も、言葉がうまく見つからなくて、

「まあ、私が余命一年って言われたら……」

って言いかけたら、

「自分に重ねちゃいけません」。

そりゃ、分かってるよそんなこと。子供が余命一年なのと、そりゃ違うだろうよ。だから俺も、

「いや、それはそうだけど、まあ俺があと五年たって」

「それでも違います。自分に重ねちゃいけません」。

実はこの菩薩、俺はけっこう頭がいいんだと、あとあとまで思い込んでた。何しろ、ルイ・アルチュセールの伝記を読んだとか、精神分析の、俺もむかし読もうとして全然分からなかったラカンとかに詳しいし、と思っていたんだが、地頭が悪いんだな。だって、余命一年に満たない子供を見てだよ、ああかわいそうだなあって、そりゃ思うけど、それ以上言うべきことないだろう。それが分からないんだ、この女は。

なんかこの日は、そんな取材のあとだったからなのか、菩薩は妙に荒れていた。その後、前

に行ったホテルのバーへ移動したら、満席だったので、バーの脇の、ホテルのラウンジのようなところへカクテルを持ってきて貰ったのだが、菩薩はそれを少し口にして、俺と二言三言話してから、

「これはひどいな」

って呟いて、カクテルを持ってバーの方へ行った。どうやら、カクテルの味がひどいということらしい。しばらくたって、バーテンダーを引き連れて戻ってきた。バーテンダーは丁寧に謝っていて、菩薩は座って、

「学生時代にバーでバイトしていたものですから」

などと言う。それから、そのカクテルのグラスをバーテンダーの方に差し出して、

「あと、これ、見えます?」

「……あっ。これは、失礼しました」

微かな罅《ひび》が入っていたらしい。都心のバーだから、バーテンダーも美人には慣れているだろうが、菩薩に、今はお仕事は、か何か訊いて、菩薩が、いま働いている、ちょっと話題の女性雑誌の名を出した。バーテンダーは、

「ああ、いまブレイク中の」

菩薩は無愛想に、

「ブレイクといっても、壊れるほうですが」

などと言う。実際、編集長が更迭されるなどということがあったようだ。それにしても、こう次から次へと、シティライフの先端を行っているみたいな自己宣伝をしてしまうあたりには、やはりある種の病を感じずにはいられなかった。

その日は、気まずいまま店を出て、やはり深夜になっていたので、細川亜里紗は、外濠通りでタクシーを止めようとしたが、空車なのに無視して通り過ぎたタクシーをさして、

「いま乗車拒否したのは××交通だな。あとで通報しないと」

と言ってメモしていた。

「女一人だと見るとああいうことするんですよ。ホステスか何かだと思ったりね」

ようやく止まったタクシーに乗り込むと、自分はタクシーソムリエになろうかと思う、と言っていた。そして自宅のそばで、「じゃあ、よいお年を」と柔らかく言って、降りていった。もうこの女に会うこともないだろうな、と俺は思った。

その春、細川亜里紗は、渋谷の近辺に、ワンルームマンションを購入するとかで、赤沢麗子がロクシィ内に「Arisa 嬢の引越しを手伝うコミュ」などというのを作っていた。細川と赤沢の関係は微妙で、細川は赤沢の酒乱ぶりに手を焼いていたし、赤沢は細川のナルシスティックな自分語りを軽蔑していた。ただ、多分二人とも、本当の友達がいない同士で、適宜結びつい

ているのだろう。まあ、俺も人のこと言えるほど、人望あったりするわけじゃないけどね。

そういえば、例の女性官僚だが、五回くらい会ったのだが、うちホテルに行けたのは二回だけで、あまり面白くなかったのか、連絡が途絶えた。

その後、細川菩薩亜里紗の物納の件について、友人とかに話したら、それは返却と言えるのか、って意見が多かった。俺はいったん、また羽振りのよくなったらしい細川をマイロクから外したが、「どうかしましたか？」ってメールが来たから、思い切って、やはり物納は変だ、と言って、があがあやりあったが、終った。俺が、細川亜里紗が、思っていた国立大の出身じゃなくて、某私大の出だと知ったのは、その時だ。それで、腑に落ちた。

終ってみて、俺には一抹の心残りがある。やっぱり、細川亜里紗とは、二回でいいからセックスしたかったよ。それで物納なら、別に何の文句もないんだが、まあ、それじゃあ、あの面倒な女とずるずると関わることになるから、これで良かったのかもしれない。

だがね……。

俺の中には、細川亜里紗を弁護するもう一人の俺が、今でもいる。両親が離婚して心に傷を負って、それを癒そうとして音楽や精神分析やクルマや服や浪費に逃げ込んで、しかしそれが余計傷を深める悪循環の中に、あの女はいるんだ、とかね。そして、今にも亜里紗菩薩にメールを送って、こないだはすみませんでした、ちゃんと物納とはいえ返したのに、蒸し返したりして、って謝ってしまいそうな衝動に駆られることがある。

（了）

あなたの肺気腫を悪化させます

二〇二×年の冬のある日のことだった。銀座の真ん中、もと服部時計店のあった斜め向かいのビルに入っている喫茶店「クォーターバック」に、五十代、六十代の男たちが、三々五々、集まってきた。いや、よく見ると、五十代半ばかと思われる、美貌の女も一人混じっていた。

服部時計店は、半壊状態になっていたし、まだあちこちで、ビルが崩れ落ちた痕跡が残っていた。女一人を含む集団は、個室に集うと、コーヒーやレモンティーを注文しながら、思い思いに煙草に火をつけ始めた。

個室ではない店内でも、喫煙コーナーはあって、最新の空気整流装置が、禁煙コーナーとの間を分離していた。しかし、禁煙コーナーには、今のところ、誰もおらず、店側でも、整流装置は動かしていなかった。

「安くなったのには助かりましたな」

一人が言った。今、紙巻き煙草は一箱が二百円である。

「あなたは、あれですかやっぱり、九百円になった時に、やめた口でしたか」

「ああ、いや、七百円でやめましたよ」

片方はセブンスター、片方はキャスターを吸っていた。

美貌の女が、口を切った。

「あたしはねえ、手巻きをやってたのよ」

こちらは、昔風に、煙管を吸っていたが、洋装なので何やら不思議な風情である。

「手巻き。私もやりましたよ。九〇年代にアメリカへ留学していた時に、あんまり高いんで、あの小さな装置でね、紙に巻いてくるくるっと」

「でも、全然うまく詰まらないでしょう」

「いや、中には名人がいて、市販の紙巻き並みに巻けるのも、いたそうですよ」

それにしても……と、数人が、首をひねって入口のほうを見た。

「主賓は、まだですかな」

「どうなんですか、あの方、何か、特別待遇とか、そういうのは……」

「いや、あの、イデオロギーの方もあるし、何しろお体が弱っているしで」

「はあ……残念ですな」

この国は、敗戦国であった。中国とロシヤの連合軍が、新潟と沖縄から上陸して、たちまち自衛隊を壊滅させ、東京に迫撃砲が撃ち込まれた。

発端は、尖閣諸島をめぐる中国との対立が深まったためだったが、同時にそれは、二十年近くにわたって迫害を受けて来た喫煙者たちが、禁煙法の成立をきっかけに各地で暴動を起こし
あなたの肺気腫を悪化させます

始めたため、かねてから禁煙に関してはさほど熱心ではなかった中国とロシヤが、軍事介入したのである。米国をはじめ、西欧諸国もまた、喫煙者たちの各地での暴動に悩まされており、中露は提携して、日本に侵攻することによって西欧諸国へゆさぶりをかけることを狙ったのであった。

安保理常任理事国のうち二カ国が立ちあがったのだから、国連は既に解体したも同然であり、米英仏は、核戦争に発展することを恐れて、中露と協議を行い、尖閣諸島を中国領に、北方領土をロシヤ領にして、領土問題は存在しないという決着を日本に押し付けてきた。

ふと、ちゃりん、ちゃりんという音がしたかと思うと、個室の入口の戸が開いて、ゆらりと入ってきたのは、七十歳くらいかと思える、金剛杖を突いた老人だった。人々は、思わず立ち上がって、その老人を出迎えた。

その老人は、髪は半ば白くなっていたが、服装は、不断着めいたズボンに、上は茶色のセーターで、その上からららくだ色のコートを着ていた。全体に、病人かと思われるような疲労感が漂っていたが、顔つきにどこか老人になりきらない若々しいものがあって、ふと見ると、神経を病んだ若者のようにも見えた。

待っていた人々は、口々に、その老人を「先生」と呼んで、出迎えに立って行った。老人はしかし、不機嫌そうに、一通りの応接をしながら、や、や、と言いつつ、人々が指し示す席へと、ぐったりと坐り込むと、シガリロを取り出して、百円ライターで火をつけた。

中露連合軍が、喫煙者解放を旗印に掲げたのは、軍事侵略に何らかの大義名分をつけたかったからで、たまたまこの両国が禁煙の動きに西欧諸国ほど乗っていなかったところへ、暴動が起きていたのに便乗したに過ぎなかった。内閣は、中露の要求を呑むことができずに総辞職し、かつて外務省にあってロシヤとの交渉を行っていた男が、たまたま衆議院の一年生議員だったため、首班となった。この男は、ロシヤのスパイだと疑われて逮捕され、しかしその後旺盛な文筆活動によって人気を博していた。ほかに内閣は、超党派で、親ロシヤ、親中国の政治家、文化人らで構成された。

と同時に、「極東禁煙裁判」と通称される裁判が、連合軍主導で開かれ、政治家、官僚のうち、喫煙者迫害を推進した者たちが、憲法十三条の、幸福追求権の侵害を名目として召喚され、裁かれるにいたった。禁煙運動にひときわ熱心だった国会議員の蚤山陽子や、禁煙条例などを制定した県知事も被告となった。民間からも、ＪＲ東日本、各新聞、テレビ、病院、大学などの責任者が取り調べを受けたが、世界中を驚かせたのは、自動車会社から出ていた禁煙運動のための資金が摘発されたことで、ＧＭ、フォード、クライスラーといった米国系の会社の資金の流れが明らかにされたため、米国政府も青くなった。これをきっかけに、自動車公害を指弾してきた政治家や市民団体は、中露連合軍とこの裁判を支持する側に回った。

いま、そこに坐った老人は、平尾龍一郎という、倫理学者である。平尾は、東大で文学博士号をとり、博士論文『カントと中庸の倫理学』を刊行して、新進の学者として一部の注目を集め、四十歳になる前に、千代田区のど真ん中にある、私立山際女子大学に助教授として迎えられ、しばしば新聞、雑誌に寄稿し、また一般向けの著作も刊行していた。

平尾は、一日三箱は吸う喫煙者だったが、二〇〇三年に千代田区で、路上喫煙に課金するという条例が出来ると、これに反撥し、自動車会社が自動車の害から目をそらすための陰謀であると言って、地下鉄の駅から勤務先の大学まで、堂々と歩きたばこを続け、区の取り締まりの人間と路上で激しく言い争い、課金の支払いを拒んだ。既に一九九九年に、飛行機内が全面禁煙となり、海外の学会へ行ったりすることは出来なくなっており、ほかにもそういう憂き目に遭っている喫煙者の学者はいたが、みな静かに耐えるか、エッセイなどで憤懣を漏らす程度だった。平尾は、日航と全日空を相手どって訴訟を起こしたが、敗れた。

「禁煙ファシズム」と名づけられたこの動きを批判する知識人は多かったが、平尾は身をもって抵抗し、禁煙地区でも、人がまばらであれば吸い、京王や小田急のプラットフォームではしばしば駅員と口論となった。その京王、小田急、東武、西武の各私鉄と、新幹線を禁煙にし、続いて首都圏の駅プラットフォームを禁煙にしたＪＲ東日本、厚生労働省などを訴えたが、すべて敗訴した。遂には、平尾が勤める女子大が、敷地内禁煙となり、平尾はそれでも歩きたばこを続け、青空の下での禁煙などは西欧でもやっていないと主張したが、新聞はみな足並みを揃えてこういった発言を載せないようにした。タクシーの禁煙、煙草の増税、飲食店を禁煙とする条例を作る県知事など、攻勢は続き、平尾はこれを批判する著作のほか、専門の著書は出し続けた。新聞やテレビがたまに取材に来ると、彼らは喫煙している姿を撮りたくなかったが、平尾は頑として、喫煙していない写真や映像を撮られることを拒んだ。新聞やテレビは、平尾を敬遠するようになった。

二〇〇七年の夏休み、人もまばらなキャンパスへ出かけた平尾は、相変らず喫煙しながら歩いていたが、そこを、構内パトロールで回っていた女性老教授の井桁森子に見つかり、口論となった。この井桁は、キリスト教系のその大学の、理事長の側近だったから、平尾は解雇通告を受け、大学を相手どって地位確認の訴訟を起こしたが、またしても敗れた。平尾が裁判を起こしても新聞は報道せず、敗訴すると、平尾に取材もせずに、妥当な判決だ、とする小さな記事を載せた。平尾は、一切新聞をとるのをやめた。

その後の平尾の人生は、禁煙ファシズムのために狂ってしまったようなものだった。いずれは東大教授と言われた平尾は、あらゆる大学から敬遠され、文筆で生計を立てたが、年収は三百万に達するか達さないかだった。マンションには住めなくなって二間のアパートへ移り、ほとんど外出もせずに、カネのための新書を執筆し、カネにならない論文を書いた。それらはウェブサイトを作って載せ、評価する者もあったが、あちこちに平尾を罵るヒステリックな禁煙運動家がサイトを作った。外出しなくなったのは、ほとんどあらゆる場所が禁煙になったからで、電車に乗ろうとすればプラットフォームで喫煙して駅員と怒鳴り合いになり、タクシーは禁煙だったし、平尾は自動車を運転しなかった。

平尾は若い頃に一度結婚したことがあり、相手は才色兼備を謳われた社会学者の秦泉寺《しんせんじ》真帆子だったから、世間から羨ましがられたが、真帆子は一人娘で、父親の秦泉寺重輔が、家名を残すことに固執したため、不断はとてもフェミニストだとは思えない真帆子は、夫婦別姓論者だと主張して入籍を拒否した。いざ結婚してみたら気性の激しい女で、一ヶ月に一回は、皿を投げた。その原因は、夜十一時ころに、アイスクリームが食べたいから買ってきてと言われて、平尾が拒否したというようなことだった。同時に真帆子は嫌煙家でもあって、平尾に断煙を迫ったから、当初平尾は「禁煙外来」というところへ行った。当時はまだ、保険の適用は行われていなかったが、平尾の断煙は、四時間しかもたなかった。一年半で、離婚した。女はその後、東大の助教授になった。

平尾が失職した頃、その女は社会格差の広がりを憂える、正義派的な論調の著作を出して人気が出て、テレビで、漫才コンビの番組にも出た。平尾は、喫煙率は労働者のほうが高いことは明らかなのに、矛盾を感じないのかというメールを出したが、返事はなく、平尾は自身のウエブサイトでその女を攻撃したが、事情を知る人々は、捨てられた怨みだと噂した。その内、女は参議院選に出馬して当選し、少子化担当大臣になり、夫婦別姓法案を通してしまった。

五十代半ばで、平尾は病に倒れた。胸がときどき痛むのも、昔からのことなので放置していたら、ある晩、激しい疼痛に襲われ、耐えられずに救急車を呼んだ。狭心症だったが、医者は、「煙草は吸いますか」と訊き、平尾が暗い顔で、吸う、と答えると、やめたほうがいいですねえと言った。平尾はもう十年以上、医者へは行っていなかった。かつて、歯医者へ通っていた時に、どうやら親から歯科医を受け継いだらしい女医が、行くたびに、煙草をやめろやめろとうるさいので、行かなくなったことがある。歯学部なんてのはバカが行くところだ、と言いながら診察室を出たのが最後だった。

医者は入院を勧めたが、そんなことをしたら喫煙できなくなると思った平尾は、頑強にこれを拒んで、ニトログリセリンだけ貰って帰宅した。

何も生命を賭けてまで吸おうというのではない。煙草の数は減らしたが、ほとんど何もできなくなり、半日寝て暮らす日々が続いた。ニコチン切れを起こすといらいらするなどというのはまだ中毒が浅い。平尾の場合、全身脱力に襲われ、ほとんど病人も同然になってしまうのである。

年に三冊ほどの著作を出すことはできた。しかし、新聞から干されているから、一切新聞書評は出なかった。六十歳を前にして、絶望のために平尾の心身は弱っていた。そんな時に、長く帰郷していなかった岩手県の父が脳梗塞で倒れたという報せがあった。しかし、帰郷しなかったのは、東北新幹線が禁煙だからである。

平尾は、父を愛してはいなかったが、母を愛していた。おろおろ声で電話してくる母を見捨ててておけず、各駅停車に乗って岩手県へ帰り、そのままそこに居ついた。三年寝付いて父は死んだが、下手に意識があるので、同居したくなかった平尾は、近くにアパートを借りてそこに住んでいた。もうその頃は、インターネットを使えばたいていの資料がすぐに見られるか入手できるようになっていたから、平尾は、時おり母の手作りの料理を食べ、アパートへ持ち帰りして、以前より豊かな食生活ができるようになった。

「や、今度は、しばらく東京に住まわれるおつもりで」

と一人が口を切った。平尾は、じろりとその男のほうを見て、

「ああ、母もまあ、一人で何とかやっていけそうだし、近くに妹もいるしね」

すると別の一人が、

「ああほら、ずっと禁煙だか嫌煙だかの運動をして『月刊嫌煙』を出していた、あの、元自動車会社社員の田辺文章ね、連合軍に引っ張られて、結構毎日、きつい取り調べ受けてるそうですよ」

「ふん」

平尾は、口の端で笑ったが、目つきは相変わらず不機嫌そうだった。

「……まあ、こういう時こそ、平尾先生に声がかかって、大臣に、とかいうことになるのが筋ですけれどねえ」

と口を滑らせた男に、ほかの人々が、しっ、余計なことを、という身ぶりをした。平尾が不機嫌なのは、そういうことがまったくないからだ、とみな思っていたからである。

「あのブタが総理じゃ、そんなこともあるめえ」

平尾が、べらんめえ口調で言ったので、みな、あははは、と作り笑いをした。

集合場所が喫茶店になったのは、平尾が、酒を呑まないからである。それに、パーティなどで、酒は飲むが喫煙はダメというようなものが、この十数年ほど存在したことで、平尾はますます酒呑み嫌いになっていた。もっとも世間では、平尾は、呑まずに管を巻ける男とも言われていた。コーヒーが届き、平尾はひと口啜った。

「しかしどうなるんだろうねえこれから」

といった調子で、みながてんでに口を開き始めた。平尾は、いくらか表情を緩めて、そんな連中をぼうっと見ながら、コーヒーを啜っていた。シガリロは、灰皿に置かれたまま、少しずつ、灰になっていく。

あなたの肺気腫を悪化させます

昔の映画やテレビドラマを観ると、みんなどこでも喫煙しているのに、禁煙ファシズム時代になってから作られた、そういう時代を描いた映画やドラマを観ると、若者が集まって酒を呑みながら話しているのに、誰も煙草を吸っていない、そういう時代が、十数年続いた。昔はみなが喫煙しながら行われていた討論番組も、いつしか誰も吸わない、吸わせない時代になっていた。おじいさんが子供たちを前に昔の話をする絵本で、おじいさんが煙管を咥えているというので、抗議した者がいて、出版社はその絵本を回収してしまう、そういう時代があった。それは、終ったのか。終りはしないだろう。

「そういえば、あの『あなたの肺気腫』だけどね」

宮田が言い出した。みな、ああ、とすぐ反応した。

煙草のパッケージには、昔から「吸いすぎに注意しましょう」という注意書きがあり、かつては子供や若者の間で、煙草の箱には二つの国名が書いてある、というクイズがあって、それは「日本専売公社」の日本と、「吸いすぎ」の「スイス」だというのが答えだったのだが、禁煙ファシズム時代になって、その警告文を箱の半分以上にせよという法律ができて、「喫煙は肺がんの危険を高めます」「心筋梗塞の危険を…」「周囲の人の健康を損ないます」といったものが書き込まれた。しまいには、喫煙が原因だとする病変の写真まで載せるようになった。その中に、「たばこはあなたの肺気腫を悪化させ」というのがあり、これでは、まるで煙草を購入した人が既に肺気腫のようだ、と言われたものだが、そういう指摘があっても、なぜか一向に直らなかった。どこか外国、日本のことだから米国あたりの警告文の語訳ではないかと思って調べた人もあったが、いずこも「肺気腫の原因になる」といった文章であった。

宮田は、

「あの『あなたの肺気腫』って表現が、購入者に恐怖を与えたってことで、責任者の追及が始まってるって」

「へえ、どこ？　誰？」

「それが分からないんだって。ＪＴと厚労省の旧幹部が、責任を押し付け合ってるんだってよ」

みなが、わははは、と笑い声をあげた。

平尾も、片頬でふ、と微かに笑ったが、その笑いが収まった時、場に空白が生じた。

「アダムよ、お前は、どこにいた……」

平尾が小さく呟いた。一人が、え？　と平尾のほうを見たが、ただ何か言っただけのようだったので、気に留めなかった。町では、ロシヤ語や中国語の本が飛ぶように売れ、人々は、別れ際に「ツァイチェン」と言い、「ありがとう」の代わりに「スパシーバ」というのが流行っていた。ＪＴの株は値上がりを続けていた。

「ホゲホゲ、タラタラ、ホゲタラ、ぴぃ……」

平尾が、小さな声で、おかしな歌を歌い出した。さすがに、みな気づいて、平尾のほうを見た。小声で、

「何だ?」

「『どろろ』だと思う」

平尾の声は次第に大きくなって、

「お前ら、みいんな、ホゲタラ、だあ!」

と言うと、そこにいる連中をぐるっと見廻した。それから、一人のほうを、右手で金剛杖を掴むと、あたかもその先端で指さすようにした。それは、山際女子大時代の同僚だった小菅信夫で、平尾を支持していたはずの男だった。

「小菅、お前、遂にいっぺんも、構内では喫煙しなかったな」

「え……」

「聞いてるよ。小菅先生は、平尾先生を応援していても、ご自分では構内で吸ったりなさらないからいい、って言われてたのを。定年まで務め上げて、名誉教授だってな」

「い、いや、そんな平尾さん……」

「それだけじゃない。あの時、『平尾さんが面倒くせえ』って学生に言っただろう」

小菅の顔が引きつった。

矛先は、次の宮田次郎に向った。「宮田」

「は、はい」

「お前、大学教授になってから、禁煙ファシズム批判を始めたな。それまでは、そういうことは一切言わなかっただろう」

「……いや、それは」

「公の場では言わなかっただろう」

「……え、ええ」

吉澤久子、というのが、唯一の女性だったのだが、ここで声を挙げた。

「平尾さん、それはしょうがないわよ。みんな、生活があるんですもの」

平尾は、ぎろりと吉澤久子を睨んだ。

「吉澤さん、あんた、ドイツ文学の学者だろう」

「……え、はい……」

「ケストナーはナチスから亡命せずに戦った、ってそれはケストナーがユダヤ人じゃなかったからだ。永井荷風は戦争に協力しなかった、ってそれは荷風には莫大な財産があったからだ」

「……そうです」

「生活に困りゃあ、ユダヤ人を密告もするわなあ」

「誰も、密告なんて、してないじゃありませんか」

「そうとも、誰も、密告なんてしない。それが現代のファシズムだよ。その代わり、誰も俺のように、一生を台無しにしたりはしない。それも現代のファシズムだ」

みな、静まりかえった。

「なんで戦争に反対しなかったの？　それは、生活がかかっていたからだよ、ってな」

いきなり、小菅が、床に土下座した。

「すみません、『面倒だ』ってのは、言いました。この通り、謝ります」

しかし平尾は、ゆっくりと、金剛杖を突いて、立ち上がった。

「あんたの謝りは受けておくよ。ただまあ、もう会いたくはないがね」

そして平尾は、テーブルの上のコーヒーをもう一口啜ると、

「まあ、あとはあんたらで、ゆっくり酒でも呑むこったな。俺の……」

悪口でも肴にしてな、と言い掛けて、平尾はやめ、

「じゃまあ、ダ・スヴィダーニャ！」

そう言って、平尾はドアから出て行った。そして、金剛杖の音を、ちゃりんちゃりんと音高く立てながら、立ち去って行った。

残った者たちは、ほうっとため息をついた。

宮田が、泣きながら土下座したままの小菅に、

「小菅さん、もういいよ」

と言って立ちあがらせた。

「しょうがないよねえ、みんな自分がかわいいんだから」

「あの爺さんだって、あれだぜ、本当は教授の井桁と口論になったこと、ブログに書いたりしたから問題になったんだぜ」

「おおいおい、そこまで言うのはよそうや……」

平尾龍一郎が、階段を上がって、金剛杖をひょいと小脇に抱え、長めの舗道を歩いて行くと、小ぶりのダイハツミラがそこに停車していた。運転席には、五十代半ばであろうか、しかし美貌の、年相応に豊満な体つきの女がいて、平尾を認めると、手を伸ばして助手席のドアを開けた。平尾は乗り込んだ。

「ホントにやってきたの？」

「ああ」

女は、クルマを発進させた。作家の田鎖朋子という、平尾の昔の愛人である。

「ちょっと、不遇のあまり心が歪んでしまった爺さんを演じただけだよ」

「狂人の真似なりとて大道を走ればすなわち狂人なり、でしょ」

「まあね」

「……ったく、狭心症の発作の時に、煙草やめたくせに、各駅停車で岩手まで行き来したとか、よく言うわよ」

「最初の一回はホントに各駅停車だったぜ。けどこれじゃたまらんと思ってさ」

田鎖朋子は一昨年、ヘヴィースモーカーだった夫を亡くしていた。

「吸うのはやめてても、ここじゃ吸えない、って思うと、耐えられなくなることがある」

「……手をなくした人間でも、そこがかゆくなるみたいな？」

「なんか、不謹慎な比喩だな」

少し、田鎖朋子は黙った。

「そいで、前の奥さんとは話がついたの？」

「ああついた。恩賜の煙草復活で、俺が最初の奴を貰うことになった」

「ちょっとアンタ、天皇制に反対なんじゃなかったの!?」

平尾龍一郎は、声を立てて笑った。


（了）

あとがき

小説を発表するというのがこれほど大変だとは思わなかった。「東海道五十一駅」と「ロクシィの魔」は、二〇〇八年くらいに書いたものである。いずれも、何とか文藝雑誌に載せてもらおうとしたが、出来なかった。「ロクシィの魔」のほうは、時おり載せてくれる文藝雑誌とは別の文藝雑誌に紹介されて、書き直させられたが、その出来とは無関係に没にされた。ここに載せたのはもちろん、元のものである。

「あなたの肺気腫を悪化させます」は、二〇一〇年暮れごろ書いたもので、芥川賞候補になったから、受賞したら第一作にしようと思ったりしていたが、落選したので、いつもエッセイを載せてくれている喫煙愛好団体のウェブサイトに載せてくれるよう頼んだ。実はその時は結末を変えていたのだが、面白くない、またロシヤや中国のようなならず者国家に占領されるなどというのは許せないということで拒否された。それで私は、そういう団体だと気付いたのだが、別に私はロシヤや中共がいい国だと思っているわけではない。だが、禁煙ファシズムを推進しているのが米国を筆頭とする旧西側諸国であることを思えば、これしかない、というアイロニーが理解できないのか、と唖然とした。それで、「落選第一作」として自身のブログに掲載した。

「東海道五十一駅」はもとより私小説だが、これもオリジナルとは異なる。書いたら提訴すると言われている箇所は、削除してある。「ロクシィの魔」がどの程度私小説であるかどうかは、想像に任せる。

私は「私小説派」である。といっても、世間でいう私小説とは、概念の幅が違い、西洋でもプルーストやヘンリー・ミラーなど私小説は多い、その一方、志賀直哉の「城の崎にて」のような「心境小説」は、私小説とは違うと考えている。詳しくは『私小説のすすめ』(平凡社新書)を読んでもらいたい。

西村賢太の芥川賞受賞で、にわかに私小説に脚光が当たったことは喜ばしいが、その一方で、西村の語り口が「私小説をエンターテインメントに昇華した」などと言われたことには、危機を覚えざるを得ない。私は私小説こそ純文学の精髄だと思っているが、純文学は売れないもので、戦前の純文学の単行本など、五百部から千部というところだった。むしろ戦後の三十年ほど、純文学も売れるという幻想が広まっただけである。

だからその時代に戻して、少部数で出すとか、自費出版するとか、印税なしで出すとか、するしかないのである。大出版社が、売れない純文学作品を出すこともあるが、芥川賞受賞作とか、有望な新人とかを除けば例外的なもので、大家であるか、大家の推薦を受けているかのいずれかである。

本書も危うく自費出版になるところだったが、アルファベータの中川右介さんが引き受けてくださった。ありがたい。

小谷野　敦（こやの　とん）
1962年茨城県生まれ、埼玉県育ち。東京大学文学部英文学科卒。同大学院比較文学比較文化専攻博士課程修了、学術博士。元大阪大学言語文化部助教授。比較文学者、作家。2002年に『聖母のいない国』でサントリー学芸賞受賞。
評論や評伝に『もてない男』『恋愛の昭和史』『谷崎潤一郎伝』『里見弴伝』『久米正雄伝』『現代文学論争』『猿之助三代』など。小説に『悲望』『童貞放浪記』（映画化）『美人作家は二度死ぬ』『中島敦殺人事件』『母子寮前』（芥川賞候補）がある。

東海道五十一駅

第1刷発行　2011年8月1日

著　者●小谷野　敦
発行者●中川右介
発行所●株式会社アルファベータ
107-0062　東京都港区南青山 2-2-15 -436
TEL03-5414-3570 FAX03-3402-2370
http://www.alphabeta-cj.co.jp/
装幀●根本眞一（クリエイティブ・コンセプト）
印刷製本●藤原印刷株式会社

定価はダストジャケットに表示してあります。

ISBN 978-4-87198-652-6 C0093

アルファベータの文藝書

見沢知廉　背徳の方程式
——MとSの磁力

獄中で書かれた未発表小説四編を収録。
リアリズムの極致とファンタジーが交錯する驚異の文学世界。主観的な真実を信じ抜いた作家の原点。

四六判・二五六ページ・一九九五円